창문 없는 방

창문 없는 방

류광호 소설

홍성사

차례

I부

―――

고시원에 도착한 그는

양옆으로 이어진 답답한 문들 가운데

하나인 자신의 보금자리,

끔찍한 관의 뚜껑을 열었다.

―――

1.

"내가 왜 여기에 서 있지?"

그곳은 칠팔 층쯤 되어 보이는 건물의 옥상 끝 난간이었다. 어딘가 눈에 익은 데가 있는 옥상의 난간. 몸을 난간에 기댄 채로 밑을 내려다보자 현기증이 났다. 그는 갑자기 빨리 그곳을 뜨고 싶어졌다.

그때 웬 작은 딱정벌레 한 마리가 날아왔다. 어딘지 기분 나쁘게 생긴 검은 벌레였다.

"이건 또 뭐야? 저리 꺼져!"

그렇게 외치며 손을 내젓자 벌레는 저만큼 날아 도망쳤다. 그러나 다음 순간 다시 그에게로 날아왔다. 빠르게. 공격적으로.

"젠장!"

그렇게 외치며 몸을 피한 순간, 그는 자신이 난간 아래로 떨어지고 있음을 느꼈다.

'어떻게 이럴 수가 있지? 살짝 몸을 피했을 뿐인데. 게다가 난간이 있었잖아! 허리 높이까지 오는 난간이!'

빠르게 추락하는 것을 느끼며 그는 두 다리를 있는 힘껏 쭉 뻗었다. 그 순간 깨달았다. 자신이 지금 꿈을 꾸고 있다는 걸.

그랬다. 그건 꿈이었다. 그는 꿈이라는 걸 분명히 의식했다. 그리고 꿈에서 깨어나길 원했다. 그러나 공포와 전율의 추락은 계속되었다. 끝나지 않을 것처럼. 영원히 끝나지 않을 것처럼.

2.

눈을 뜬 무신을 맞이한 것은 어둠이었다. 그는 지금이 아침인지, 아니면 낮잠 끝에 마주친 오후 다섯 시 저무는 햇살의 영역인지, 그도 아니면 지금 이 어둠과 꼭 같은 한밤중인지 헷갈렸다. 벌써 일 년 넘게 그가 자신의 지친 육신을 누일 곳으로 삼고 있는 그곳은 창문이 없어 한 줄기 햇살마저도 허용치 않는 한 평 크기의 고시원 방이었기 때문이다. 그곳에서 생활한 지 육 개월쯤 지난 어느 날, 그는 돈 몇 만 원을 더 주고 창문이 있는 방으로 거처를 옮길까 심각하게 고려했다. 그러나 때맞춰 일터였던 작은 공장이 파산하면서 그 꿈은 없던 일이 돼버렸다. 그 후 다시는 그곳을 벗어날 계획을 세우지 않았다. 그리고는 그 빛도 들지 않는 좁디좁은 공간을 '관'이라고 부르며 관 속으로 던져지는 시체처럼 하루의 일과를 마치면 그곳으로 기어들곤 했던 것이다.

그의 삶이 이런 나락으로 떨어지기 시작한 것은 스물다섯 무렵 아버지가 운영하던 작은 회사가 부도를 맞으면서부터였다. 그리고 곧이어 발생한 서브프라임 모기지 사태는 가장의 재기를 완전히 불가능하게 만들었다. 가정의 재정적 붕괴 후 사회는 서서히, 그러나 확실하게 그들 네 식구의 목을 죄기 시작했다. 학자금 대출만으론 생활비와 교통비, 기타 학교생활을 이어 가기 위한 자질구레한 금전적 지출을 감당할 수 없었다. 결국 건설현장에서 일하며 돈을 모으기로 마음먹은 그는 졸업을 한 해 앞두고 학업을 중단했다. 그 선택이 대학과의 영원한 이별이 될 거라는 사실은 인식하지 못한 채로. 막노동은 힘들고 위험했지만 보수는 괜찮았다. 그는 그렇게 몇 달간 더 일하면 다시 학업에 필요한 돈을 마련할 수 있을 거라 믿으며 버텼다. 그러나 일은 그렇게 전개되지 않았다. 사업실패 후 잠적해 버린 아버지를 대신해 빚쟁이들에게 시달리던 어머니, 이혼 후 어머니의 월세방으로 들어온 누나와 조카 지아의 생활비를 대야 했기 때문이다.

그는 정말이지 닥치는 대로 일했다. 건설현장 막노동, 편의점 아르바이트, 음식점 서빙, 치킨집 배달, 호텔 주방 보조, 고급 주상복합 아파트 경비 일, 심지어 잠깐이긴 했지만 꽃게잡이 배를 타기까지 했다. 그러나 그와 가족의 경제적 상황은 개선되지 않았고 그렇게 이런저런 일터를 전전하는 사이 그는 학교마저 그만두게 되었다. 아버지의 강요로 시작한 경영학 공부에는 흥미를 느끼지 않았기에 접는 데 아쉬움은 없었다. 그러나 더 이상 대학생이 아니라는 사실, 안정된 직장이라는 인생의 다음 단계로 이르게 해줄 사다리를 상실했다는 막막함은 어쩔 수 없었다. 그런 심리적 허탈감을 완화하기 위해선 단순히 경영학이 그리 고상하고 매력적인 학문이 아니었기에 그런 결정을 내렸다, 정도로는 부족했다. 그래서 그는 학업을 그만두며 원하지 않는 전공 대신 흥미를 느끼는 영화 공부를 시작하기 위한 것이라고 스스로를 위안했다. 조금만 더 돈을 모아서 다시 수능을 봐 영화연출 관련 학과에 입학하거나 그게 여의치 않다면 방송 아카데미에서 영상제작에 관한 공부를 할 계획도 세웠다. 피상적인 계획이었지만 끔찍한 현실에 좌초하지 않고 미래와 희망이란 단어를 계속해서 부여잡기 위해선 최소한 그런 류의 계획이라도 있어야 한다고 느꼈다. 누가 그것을 비난할 수 있겠는가? 그러나 그에 대해 강력한 비난을 퍼부은 이가 있었으니 바로 어머니였다.

"이놈의 자식아! 네 아버지 사업 저렇게 된 것만으로도 억장이 무너지는데 너까지 멀쩡히 잘 다니던 대학을, 이제 일 년만 있으면 졸업하는 대학을 그만두겠다니 무슨 정신 나간 소리야! 절대 안 돼!"

"아니, 아버지 사업이 망한 게 내 잘못이야? 그렇게 된 후로 나도 학교 다니면서 얼마나 힘들었는데! 등록금은 없지, 생활비는 벌어야지!"

그 말처럼 전역 후 복학한 그의 대학시절은 험난한 시간이었다. 수많은 아르바이트로 지친 몸을 이끌고 강의실로 향하던 무거운 발걸음, 학자금 대출로 간신히 이어 가던 학업에 대한 불안과 불만, 그 와중에도 학점과 스펙 쌓기를 위해 발버둥쳤던 고단한 나날…. 그러나 그 노력과 수고의 가장 확실한 수치적 결과는 천구백육십이만 원이라는 학자금 대출 채무였다.

그는 '강무신'이란 자신의 이름 뒤에 천구백육십이만 원이라는 숫자가 붙어 있는 것에 분노를 느꼈다.

'나는 공부를 하고 싶었을 뿐이다!'

그러나 어쩌면 그에게 대학이 지닌 보다 솔직한 의미는 다른 것이었을지도 모른다. 청춘 시절 마땅히 누려야 할 기쁨, 다른 많은 젊은이와 함께 어울리며 이런저런 즐거운 활동을 하는 것, 그것이 공부 못지않게 중요한 목적이었으니까. 대학시절을 경험해 보지 못한다는 건 그런 청춘의 낭만을 박탈당한다는 것과 같다. 아무리 대학이 취업을 위한 공간으로 변했다 하더라도 그것은 여전히 유효한 사실이다. 가장 아름다운 시절을 또래 친구들과 즐겁게 보낼 '당연하고 정당한' 권리를 누리기 위해 왜 그토록 많은 액수의 돈을 지불해야만 하는지 그는 도저히 이해할 수 없었다. 말하자면 '지나친 처사'였다. 이 사회가 청년들에게 지나치게 비열하게 굴고 있다는 말이다.

"그리고 요 모양 요 꼴이라도 우리가 연명하고 있는 게 누구 덕분인데? 내가 휴학하고 돈 벌지 않았으면 이렇게 사는 것도 힘들었을 거 아냐!"

"네가 돈 안 벌어도 내가 식당 일 해서 생활할 수 있어. 그러니까 쓸데없는 소리 말고 다시 학교 복학해서 졸업하고 좋은 데로 취직할 준비나 해. 그런 말 같지도 않은 소리 다시는 꺼내지 말고!"

그가 어머니에게 분노한 것은 늦게라도 깨닫게 된, 자신이 진짜로 하고 싶어 하는 일(이라고 그가 믿고 있는)에 대한 몰이해와 지난 몇 년간 그가 가족을 위해 쏟았던 노력과 희생을 그다지 인정하지 않는 태도 때문이었다. 그는 청춘의 낭만 대신 갖가지 육체노동과 함께했던 지난 몇 년을, 그 몇 년이라는 시간의 희생을 별로 고마워하지 않는 어머니에게 계속 서운함을 느껴 왔던 것이다. 그 서운함과 이해받지 못한 꿈이 불러일으킨 분노가 폭발한 것이 그날 있었던 모자간의 큰 언쟁의 본질이었다.

물론 어머니 편에서 보자면 목동의 큰 평수 아파트에서 풍족하게 살다 어느 날 갑자기 남편이 사라지고 빚쟁이들에게 쫓기는 신세가 되어 부천의 낡고 조그만 월세 집에서 궁색한 삶을 이어 가야만 했던 데 대한 충격과 허망함이 그와 같은 아들에 대한 성마르고 거친 태도를 만든 것이었다고 이야기될 수도 있을 것이다. 그러나 그날의 말다툼이 초래한 비극은 그와 그의 어머니 모두 조금만 더 상대의 입장을 고려하며 감정표출을 자제했다면 지금과 다른 양태로 나타났을지도 모를 터였다. 그 다툼은 거의 임계치까지 쌓인 그의 현실에 대한 분노가 어머니라는 한 사람에게 분출구를 발견한 양상으로 발전해 어머니를 비롯한 가족 모두와의 절연 선언 후 집을 뛰쳐나오는 사태로까지 이어진 것이다.

3.

그렇게 고아 아닌 고아로 삼 년의 시간을 살아온 그였지만 아주 가끔 부천 집에 가는 일이 있었는데 그것은 여섯 살짜리 조카 지아를 보기 위해서였다. 그는 이 작고 귀여운 꼬마에게는 다른 가족에게선 느낄 수 없는 애정을 느꼈던 것이다. 지아도 그를 잘 따랐다. 그를 보면 항상 "무신이 삼쫀!" 하고 외치며 달려와 안기곤 했는데 그럴 때마다 그는 두 팔로 조카를 훌쩍 안아 올려 자신이 컴퍼스의 꼭짓점이 된 것처럼 커다란 원을 그리며 빙빙 돌면서 "재밌어? 지아야, 재밌어?" 하고 묻곤 했다. 그러면 지아는 "와!" 하고 소리치며 함박웃음을 터뜨리는 것이었다.

그러나 그에게 삶의 기쁨을 환기시켜 주곤 했던 지아와의 만남도 벌써 육 개월 넘게 이뤄지지 못했는데 거기에는 사연이 있었다. 작년 말 부천 집을 찾았다가 우연히 마주친 매형과 충돌한 사건 때문이다. 아니, 충돌이라기보단 그가 일방적으로 매형을 폭행했다는 표현이 더 적절할 것이다. 물론 잘한 일은 아니었다. 하지만 무신은 언젠가 한번은 일어날 일이 일어난 것뿐이라고 생각했다.

그는 매형이 처음부터 싫었다. 그의 매형은 일반적으로 결혼 적령기 딸을 둔 여성들에게 사윗감으로 인기를 끌 만한 남자였다. 듬직한 체구와 인상, 자신이 하고 있는 일에 대한 그럴듯한 소개, 이 정도면 딸을 맡겨도 잘 데리고 살겠거니 하는 생각이 들게 만드는 배포 두둑한 선물 공세. 그러나 무신은 그 남자의 본질을 꿰뚫어보았다. 그가 허영심 강한 사기꾼일 뿐이란 사실을 처음 만났을 때부터 눈치챘다는 말이다. 그는 무슨 사업을 한다고 했는데 무신은 그 사업의 정체가 의심스러웠다. 그러나 그에게 반한 누나와 어머니의 합작으로 결혼은 성사되었고 덕분에 기울고 있던 그의 가정 경제는 일 억 원에 가까운 지출을 할 수밖에 없었다. 어쨌든 결혼은 이루어졌고 무신은 누나가 그 남자와 행복하게 잘 살기를 빌어 주었다. 삼 년 정도는 무신을 비롯한 가족 모두의 소망대로 결혼생활이 진행되는 것 같았다. 그러나 이내 무신이 의혹에 찬 눈길로 바라보던 그 남자의 사업이 엎어지는 사건이 발생했다. 그는 사기혐의로 구속되었고 남편이 짊어진 엄청난 액수의 채무에 엮이지 않기 위해 어쩔 수 없이 이혼을 선택한 누나는 역시 사업실패로 잠적해 버린 아버지 없는 옛 가정으로 갓 세 살 된 어린 딸과 함께 복귀하게 된 것이다.

무신은 누나에게 불행을 안겨 준 매형을 증오했다. 그러나 교도소 안에 있는 그를 찾아가 뭐라고 할 수도 없는 일이었기에 혼자서 분을 삭였다. 그런데 문제의 지난겨울 어느 날, 조카를 보기 위해 찾아간 부천 집에서 그와 마주치고 말았던 것이다. 보석으로 나온 그를 본 순간 무신은 이성을 잃고 달려들었다.

"야, 이 자식아!"

난데없이 나타난 처남에게 멱살을 잡힌 그는 당황해서 어쩔 줄 몰라 했고 그 광경을 본 누나는 달려와 무신의 뺨을 때렸다. 한마디로 막장 드라마 같은 상황이 펼쳐진 것이다. 그러나 무엇보다 안 좋았던 건 이 모든 아수라장을 지아가 목격했다는 사실이었다. 자신의 아빠를 위협하는 무신은 그 다섯 살짜리 여자아이에게 더 이상 '삼촌'일 수 없었다. 그렇게 그날 이후로 무신이 가지고 있던, 그리 많지 않은 '행복'이란 감정을 느끼게 해주던 관계 하나가 상실되었다.

사건이 있은 후 그는 가족과 완전히 교류를 끊었다. 이제 그에게 남은 건 친구 명우뿐이었다. 명우는 무신의 표현을 빌리자면 '좋은 놈'이었다. 고등학교 일학년, 우연히 같은 반이 되어 친해진 이래 십육 년째 가장 큰 힘이 되어 준 소중한 친구였다. 그가 명우를 그토록 특별한 친구로 여겼던 이유는 명우가 자신을 진짜로 좋아했기 때문이 첫째이고, 둘째는 선량하고 진솔한 사람이었기 때문이다. 무신의 인생이 점점 더 나락으로 떨어지면서 그의 곁에서 즐거운 대학시절의 초반기를 함께했던 많은 친구들은 썰물이 빠져나가듯 하나둘 그를 떠나갔다. 그도 그럴 것이 돈이 궁해진 무신이 그들에게 돈을 빌려 달라는 요청을 여러 차례 했기 때문이다. 처음에는 친구들도 돈 얼마씩 빌려주는 데 인색하지 않았다. 그러나 그러한 요청이 반복되고 돈을 돌려받는 일이 점점 요원해지면서 친구들은 이 핑계 저 핑계를 대며 그의 연락을 피하기 시작했다. 무신에게 그것은 정말 수치스러운 일이었다. 그러나 조금 더 지나자 수치심은 분노로 바뀌었다.

'그깟 돈 몇 푼 때문에 친구에게 등을 돌려? 내가 사람을 잘못 봤다. 너희 같은 놈들은 필요 없어!'

그러나 사람을 잘못 봤다고 생각한 것은 어쩌면 친구들이 먼저였는지도 모른다. 그랬기에 더 이상 무신과 엮이지 않으려고 한 것 아니겠는가.

이런 우정의 붕괴 현상 속에서도 끝까지 무신의 곁을 지켜 준 친구가 바로 명우였다. 물론 그로 인해 명우도 금전적 손실을 입었다. 그러나 무신의 말처럼 돈 몇 푼 때문에 전화조차 받지 않던 친구들과 달리 명우는 가능한 범위 안에서 무신의 경제적 어려움에 원조를 보내는 데 최선을 다했다. 무신을 정말로 좋아했기 때문이다. 그는 무신이 자신과 잘 통한다고 느꼈고, 비록 현재는 어려운 상황에 처해 있지만 그 어려움을 극복하고 멋진 인생을 살아갈 수 있는 역량 또한 지니고 있다고 믿었다. 그런 믿음을 바탕으로 친구에게 격려와 위로를 주었던 명우는 무신에겐 둘도 없는, 없어서는 안 될, 최후까지 남은 소중한 사람이었던 것이다.

그러나 그런 명우도 졸업 후 직장생활을 시작하면서 어쩔 수 없이 무신과 멀어지게 되었는데, 야근 많고 바쁘기로 유명한 광고회사에 취직했기 때문이다. 아울러 이 치열한 자본주의 경쟁사회에서 고군분투하며 나름의 자리를 잡아 가는 친구에 비해 한없이 비루한 삶을 살아가고 있는 자신의 모습에 대한 무신의 열등감과 자격지심에서 나온 결과이기도 했다.

4.

힘겨운 노동과 죽음 같은 어둠으로의 복귀가 반복되던 어느 날 무신은 생각했다.

'나는 인간인가, 개미인가? 개미, 그것도 일개미다. 죽어라고 일을 하나 그 열매는 몽땅 여왕개미에게 바치는.'

위험하고 힘든 공사현장의 막노동이 아닌 치킨집 배달이나 편의점 아르바이트로 그가 손에 쥘 수 있는 돈은 고작 백만 원 남짓이었다. 그중 고시원 방값, 학자금 대출 이자, 휴대폰 요금, 교통비와 식대를 제하면 수중에 남는 돈은 이십만 원가량이 고작이었다. 어떻게 이럴 수 있단 말인가? 이걸로 어떻게 미래를 꿈꿀 수 있겠는가? 결혼은? 일 년에 이백만 원씩 꼬박꼬박 모아서? 그래, 그렇게 한 오 년 일해서 천만 원 정도 모았다 치자. 신혼살림은 어디다 차리지? 여기 고시원에? 어둠 가득한 관에? 과연 그에 동의할 여자가 있을까? 도대체 누가 나를, 아니 나를 비롯한 수많은 청춘을 이렇게 비참하게 만들었는가? 왜 이런 현실은 개선되지 않는가? 이 현실이, 이 체제가 바뀔 수 없는 것이라면 나는 어떻게 해야 하는가? 일개미로 남은 사십 년의 삶을 여왕개미를 위해 노동하며 바쳐야 하는가? 그럴 수는 없다. 나는 이런 삶을 살기 위해 태어난 것이 아니기 때문이다. 뭔가 잘못됐다. 잘못돼도 크게 잘못됐다.

그렇게 그는 자신이 받아들일 수 없는 현실에 대해 분노하고 부정했다. 그러나 목구멍이 포도청이라고 했던가. 분개와 답답함 속에서도 그는 또다시 밥벌이를 위한 노동을 향해 발걸음을 옮겼던 것이다.

먹고살기 위한 노동이라는 인간의 숙명에 대해 그가 강력하고도 확고한 저항을 선택하기로 마음먹은 것은 얼마 전의 일이었다.

'더 이상 이런 식으로 살 순 없다. 나는 편의점에서

물건을 계산하는 일을 하기 위해 태어난 게 아니다. 나는 그 일이 싫다. 내가 할 일이 아니기 때문이다. 물론 세상에는 편의점이나 공장, 공공기관, 기업 같은 곳에서 일할 사람들이 필요하다. 그런 사람들이 사회 구성원 중 다수를 차지하는 것도 분명하고. 그러나 소수의 창조적인 개인들, 대표적으로 예술가들이 거론될 수 있겠지만 예술가뿐 아니라 산업, 과학, 언론, 정치 같은 분야에서 혁신과 진보를 이뤄 내는 소수의 사람은 먼저 거론된 다수와는 다른 사람들이다. 실제로 인류의 역사를 이끌어 가는 것은 이런 소수의 사람이다. 이런 사람들에게 거대 조직의 부속품으로 단조로운 야근을 반복해야 하는 기업체 일은 맞지 않는다. 나는 보다 창조적인 일을 해야 할 사람이다. 그것은 영화가 될 수도 있고 저널리즘이 될 수도 있으며 아직 내가 인식하지 못한 다른 어떤 일이 될 수도 있다. 분명한 것은, 지금 내가 먹고 입고 잘 공간을 확보하기 위해 하고 있는 일은 내 일이 아니라는 것이다. 자신의 일이 아닌 일을 억지로 하는 것만큼 사람을 미치게 하는 일도 없을 것이다. 일을 그만둬야겠다. 그만두고 좀 쉬면서 생각해 봐야겠

다. 나의 향후 진로에 대해서 말이다….'

이렇게 자발적인 실직 상태로 돌입한 지 이 주일이 지난 그날 아침 열 시에 그는 또다시 시작된 하루를 벗어날 수 없는 어두컴컴한 관에서 깨어남으로 맞이했다. 손을 더듬어 책상 위 스탠드를 켜자 방 안의 모습이 드러났다. 가로 일 점 오 미터 세로 일 점 팔오 미터, 방의 사 분의 삼을 차지하는 침대, 책상, 책꽂이가 하나로 붙어 있는 일체형 가구. 이 가구를 뺀 공간은 그가 채 두 걸음도 내딛기 힘들 정도로 좁았다.

아직도 머릿속엔 옥상 난간과 기분 나쁜 벌레의 잔영이 맴돌고 있었다. 그는 그 악몽의 찌꺼기를 밀쳐 내며 책상 위에 놓여 있던 물통을 집어들어 물을 마셨다. 물은 더운 날씨와 높은 실내 온도 탓에 미지근하다 못해 상한 것처럼 느껴졌다. 그러나 아무래도 좋다는 듯 절반쯤 남아 있던 물을 모두 마셨다. 그는 휴대폰을 집어들었다. 오전 열 시 이십삼 분. 늦잠을 잤지만 상관없었다. 그는 별 생각 없이 휴대폰으로 오늘 아침 새로 올라온 뉴스를 읽기 시작했다. 뇌물 수수혐의로 수사를 받던 한 정치인의 투신자살, 경기침체 심화와 가계대출의 기록적인 증가세, 보복 운전 끝에 사고를 낸 삼십 대 젊은이에 관한 기사 등 구역질 나는 소식뿐이었다. 그는 휴대폰을 내던진 후 다시 침대에 드러누웠다. 여러 가지 생각이 머릿속으로 찾아들었다. 통장에 남아 있는 돈 백오십육만 원이라는 숫자, 고시원 공동 주방에 있는 전기밥솥의 맛없는 밥과 쉰 김치로 아침을 때울까 아니면 근처 식당에서 오천오백 원짜리 백반을 사먹을까 하는 고민, 벌써부터 쪄오기 시작하는 날씨가 이따 두 시쯤 되면 얼마나 맹위를 떨칠까 하는 두려움 같은 것들….

그렇게 한동안 침대 위에서 두서없는 생각들을 이어 가던 그가 결심한 듯 일어나 책상 귀퉁이에 놓여 있던 지갑에서 만 원짜리 지폐를 하나 꺼내 들고는 밖으로 나갔다. 바깥은 찬란한 햇살이 점령하고 있었다. 그는 눈이 부신 듯 얼굴을 찡그리며 뭐라고 중얼거리더니 근처의 허름한 식당으로 발걸음을 옮겼다.

아직 점심시간 전이어서인지 식당 안에는 손님이 없었다. 그는 백반을 주문하고는 테이블 위에 놓여 있던 신문을 집어들었다. 아까 보았던 것과 같은 기사가 일

면에 실려 있었다. 순간 읽고 싶은 생각이 싹 사라졌다. 그는 신문을 밀쳐놓고 식당 안을 살펴보았다. 전형적인 도시 변두리의 낡고 지저분한 식당 풍경이었다.

'그래도 상관없어. 이 집 음식은 맛이 괜찮으니까.'

그렇게 생각하며 그는 그 인상적인 구석이 거의 없는 공간을 살펴보길 멈췄다. 그러자 곧 다시 공상이 시작되었다.

'백오십으로 버틸 수 있는 기간은 기껏해야 한두 달이다. 그때까지 다음 행보에 대한 결정을 내려야 한다. 정말 싫지만, 다시 일을 시작해야 한다. 무슨 일을 하지? 이전에 해왔던 그런 일들은 싫다. 뭔가 다른 일이 필요하다. 다른 일이….'

그러나 아무리 생각해 봐도 그것이 뭔지는 알 수 없었다. '영화 쪽 일을 하고 싶으니 영화제작 현장에서 잡일을 하는 스태프로 일해 볼까?' 하는 생각도 잠깐 들었지만 본질적인 측면에서 봤을 때 그가 박차고 나온 이전의 육체노동들과 다를 것 없는 일이라고 생각되었다. 그는 그런 일 말고 보다 창조적인 일을 하고 싶었다.

'왜냐하면 그런 일이 나와 맞기 때문이다. 몸으로 하

는 일을 천하게 여기거나 그런 일을 하도 많이 해서 질린 끝에 나온 결론이 아니다. 나란 인간의 특질이 창의성을 요구하는 일에 맞기 때문이다. 그런 일을 할 때만 기쁨을 느낄 수 있기 때문이다.'

그러나 대학중퇴라는 그의 학력은 그런 일자리를 허용하지 않았다. 결국 공상은 그런 고민이 항상 최종적으로 다다르게 해주는 자신의 처지와 이 사회의 구조에 대한 불만으로 가닿았다. 돈 있는 놈들이 다 해먹도록 짜여진 구조 속에서 살아가야 하는 돈 없는 자신이 짜증스러웠다.

'세상은 참 불공평하다. 내가 무슨 잘못을 했기에 이런 삶이 주어진 건가. 도대체 그 책임은 누구에게 있는가. 이런 상황에서 나는 도대체 어떻게 해야 하는가.'

그렇게 답 없는 질문들이 계속되고 있는데 음식이 나왔다. 그는 답답한 생각들을 밀쳐 내며 먹는 데만 집중하기로 했다. 된장국은 조금 짰지만 맛있었다. 그의 집안에 고난이 깃들기 전 어느 저녁, 어머니가 끓여 주시던 그것처럼. 생각이 그 지점에 닿자 갑자기 어머니의 얼굴이 불쑥 떠올랐다. 된장국을 그릇 한가득 퍼주며 "뜨거우니까 천천히 먹어" 하고 말하시던 얼굴이. 그러자 미안함을 동반한 그리움의 감정이 살며시 고개를 들었다. 그러나 그는 이런 감정을 느낀 것에 짜증 또한 났다. 그래서 일부러 어머니와의 결별을 초래한 격렬한 다툼의 영상을 불러들였다. 효과는 빠르고 확실했다. 그는 자신이 일종의 감상주의라 여기는 어머니에 대한 그리움을 마음속에서 완전히 밀어낸 채로 식사를 마쳤다. 밥값을 계산하고 밖으로 나온 그는 썩 내키지 않는 걸음으로 천천히 고시원으로 향했다. 그리로 다시 돌아가긴 정말 싫었지만 땡볕에 계속 길바닥에 서 있을 수도 없는 노릇이니까.

방으로 돌아온 그는 치약과 칫솔을 챙겨 공동 세면장으로 갔다. 그리 크지 않은 세면장은 누군가 막 샤워를 마쳤는지 습기와 열기로 가득 차 있었다. 그는 불평어린 혼잣말을 내뱉으며 양치질을 시작했다.

그는 이런 공용시설을 좋아하지 않았다. 누군지 모를 다른 사람이 사용했던 세면대를 쓰는 것이나 누군지 모를 다른 사람이 앉았던 변기에 앉는 것, 누군지 모를 다른 사람이 먹고 남은 밥을 전기밥솥에서 퍼먹는 것 같은 일들과 그런 일들이 이루어지는 공간 모두를 싫어했다. 그래서였는지 그는 양치질도 최대한 빨리 끝마치려고 했다. 그런 노력을 기울이지 않더라도 그곳에 머무는 시간은 어차피 삼 분 이상 차이 나지 않을 것 같은데도.

양치질을 마치고 방으로 돌아온 그는 침대에 걸터앉더니 멍하니 뭔가를 생각하기 시작했다. 아니, 그보다는 의식을 그냥 방치해 두는 것에 더 가까운 행위였다. 말하자면 공간에 잠식된 인간의 모습이었다. 비좁고 답답한, 거기다 덥기까지 한 공간에 말이다. 그런 공간에 한 달쯤 갇혀 살게 되면 누구에게나 나타날 수 있는 증상, 돈에 치이고 삶에 치인 우리 시대 많은 청춘에게 나타나는 증상.

그렇게 한동안 멍하니 있던 그가 천천히 손을 뻗어 책상 위에 놓여 있던 휴대폰을 집어들었다. 시간을 확인해 보니 열두 시가 조금 넘어 있었다. 그러자 그는 마치 그 시간에 맞춰 꼭 해야 할 중요한 일이라도 있다는 듯 침대에서 벌떡 일어나 밖으로 나갔다. 바깥은 아까와는 또 다른, 한층 더 강화된 한여름의 낮더위가 맹위를 떨치고 있었다. 그는 얼굴을 가볍게 찡그리고는 빈

약한 가로수가 만들어 준 그늘 밑으로 걸어가 친구 명
우에게 전화를 걸었다.

"명우야, 나 무신이다."

"무신아, 오랜만이네! 잘 지내고 있지?"

반가워하는 명우의 목소리를 듣는 순간 일어나 아침
을 먹고 양치질을 하고 방에서 멍하니 있다 나와 전화
를 건 모든 시간을 통틀어 가장 밝은 색조의 기분이 무
신의 마음에 찾아들었다. 그러나 그는 애써 그런 오랜
만에 출현한 감정을 드러내지 않은 채 무뚝뚝한 어조로
말했다.

"뭐, 그저 그렇지. 너는?"

"나도 뭐, 그럭저럭 지내고 있어."

여전히 호의를 담은 높은 톤의 목소리로 명우가 대
답했다. 그런 그의 목소리에 힘을 얻은 무신이 전화를
건 목적에 대해 말했다.

"혹시 이번 주말에 시간 되냐? 얼굴 본 지도 꽤 됐는
데 저녁이나 먹을까?"

"좋지. 근데 이번 주는 제안서 준비 때문에 주말에
출근해야 될 것 같은데…. 다음 주에 보는 거 어때? 다

음주 토요일에.”

“좋아.”

“그럼 토요일 저녁 일곱 시에 목동 쪽에서 만나자. 도진이도 부를게.”

“도진이?”

무신은 뭔가 망설여지는 듯 잠깐 말을 멈췄다. 그도 그럴 것이 그는 명우와 단 둘이서만 만나고 싶었기 때문이다.

도진은 대학시절 명우의 소개로 알게 된 친구였다. 마른 체형에 하얗고 잘생긴 얼굴, 어딘지 소년적인 느낌을 주는 똑똑한 녀석이었다. 항상 책을 읽고 노트에 뭔가를 끼적이던 그는 졸업 후 얼마 지나지 않아 한 출판사에서 시행한 장편소설 공모전에 당선돼 작가로 데뷔했다. 그 후로 엄청나게 유명해지지는 않았지만 소수의 열성 독자를 거느린 작가로 꾸준하게 집필 활동을 이어 오고 있었다.

그는 말이 많은 편은 아니었지만 흥미를 느끼는 특정한 주제가 등장하면 그 주제에 대한 자신의 독특한 관점을 특유의 가는 목소리로 이야기하곤 했다. 무신은 그 가는 목소리와 지적인 이야기들을 별로 좋아하지 않았다. 누군가는 일종의 열등감이라고 얘기할지도 모르지만 무신은 어떤 꺼림칙한 것에 대한 거부감 같은 거라고 느꼈다. 그랬기에 도진을 데리고 나오겠다는 명우의 말에 멈칫했던 것이다. 그러나 그는 그런 마음을 드러내진 않았다.

"그래. 연락해서 데리고 나와. 못 본 지 오래됐는데."

"그럼 도진이랑 연락해서 금요일쯤 확실한 장소랑 시간 문자로 보내 줄게."

그렇게 말한 명우가 무신이 아닌 옆에 있는 누군가에게 "출발하시기 전에 준비한 거 드릴게요!" 하고 외쳤다. 점심시간에 맞춰 전화했는데도 일로 정신없나 보네, 하고 생각하며 무신이 말했다.

"바쁜가 본데 통화는 이쯤에서 마무리하자. 연락 줘."

"미안. 뭐 급한 일이 있어서. 그럼 연락할게!"

친구에 대한 미안함과 다급함이 묘하게 뒤섞인 명우의 대답을 끝으로 통화는 끝났다. 통화를 마친 무신은 고시원 입구를 향해 몇 발자국 내디디다 멈춰 섰다. 태양이 달궈 놓은 아스팔트 위에 서 있는 것이 썩 즐겁지는 않았지만 쪽방으로 되돌아가는 것은 더 싫었다. 그는 잠깐 고민한 후 거기서 얼마 떨어지지 않은 공원으로 발걸음을 옮겼다.

'명우랑 만나면 그놈이 뭔가 좋은 말을 해줄 거다. 그 녀석은 진짜로 날 좋아하니까 뭔가 내게 꼭 필요하고 중요한 얘기를 들려줄 거다. 그래, 전화하길 잘했다. 혼자 쓸데없는 생각만 하고 앉아 있느니 그 녀석이랑 무슨 얘기라도 해봐야지. 무슨 얘기라도….'

그의 걸음이 갑자기 빨라졌다. 마치 친구와의 만남이 제시해 줄지도 모를 어떤 희망과 한시라도 빨리 마주하고 싶어 조바심이 나는 것처럼.

5.

"저기요! 잠깐만요."

고시원 공동 주방에서 대충 저녁을 때운 후 방으로 이어지는 계단으로 향하던 무신의 등 뒤에서 그를 부르는 목소리가 들려왔다. 뒤돌아보니 땀으로 번들거리는 얼굴에 왠지 비굴하게 느껴지는 웃음을 짓고 있는 '황씨'가 서 있었다. 그는 두 달 전 이곳 고시원에 들어온 사십 대 중반의 남자였다. 두꺼비를 연상시키는 외모에 넉살 좋은 웃음으로 고시원 사람들을 대했던 그는 처음부터 무신과 친해지고 싶어 하는 눈치였다. 그러나 무신은 그에게 어떠한 관심도 없었다. 그뿐 아니라 고시원에 사는 다른 모든 이에게도 전혀 관심이 가지 않았다. 무신에게 그들 모두는 그저 마주치고 싶지 않은 존재였을 뿐이다. 아니, 어서 속히 벗어나고 싶은 그런 대상이었을 뿐이다. 하지만 먼저 다가와 인사하며 살갑게 대하는 황씨를 밀쳐 낸다는 건 무신에겐 너무 잔인한 일이라고 느껴졌다. 그래서 인사에 응하곤 했는데 그런 무신의 반응이 자신을 친구로 여겨서라고 판단했는지 황씨는 더 적극적으로 무신에게 다가왔다. 이 주 전에는 캔 맥주와 오징어를 들고 그의 방으로 찾아와 함께 근처 공원에서 이야기나 나누자며 무신을 끌고 나가기도 했다. 그날의 한도 끝도 없는 얘기들을 기억하는 무신은 그가 또다시 자신에게 들러붙을지도 모른다는 생각에 조금은 거리감을 두고 그를 바라보았다.

"아이고, 왜 이렇게 얼굴 보기가 힘들어요. 나 지금 막 일 마치고 들어왔는데 요 앞 편의점에서 맥주 한 캔 할래요? 시원하게. 내가 살게요."

그를 좋아하지도 않았고 그와 나누고 싶은 얘기도 없었지만 시원한 맥주 한 캔 마시고 싶다는 생각이 무신의 마음을 그의 제안 쪽으로 기울게 했다.

"지금요?"

황씨가 그 두꺼비 같은 얼굴에 화색을 띠며 말했다.

"말 나온 김에 바로 가죠. 어차피 나가면 또 땀 날 테니 맥주 마시고 와서 씻고."

둘은 계단을 내려가 고시원 밖으로 나왔다. 눅눅하고 후덥지근한 저녁 아홉 시의 여름 바람이 자연스럽게 술 생각을 불러일으켰다. 기세 좋게 편의점 안으로 들어선 황씨가 냉장고 앞으로 가 맥주 두 캔을 집어들고 말했다.

"드시고 싶은 안주 고르세요!"

무신은 버터구이 오징어와 작은 믹스넛 한 봉지를 골랐다.

"지난번에 사셨으니까 오늘은 제가 살게요."

계산대 앞에 선 무신이 말하자 황씨가 정색하며 말했다.

"무슨 소리! 아가씨, 여기 계산해 줘요!"

그는 재빨리 주머니에서 꾸깃꾸깃한 오만 원짜리 지폐를 꺼내 카운터 아르바이트생에게 내밀었다. 거스름돈을 받은 그는 맥주와 안주를 챙기며 말했다.

"자, 가시죠."

무신은 말없이 그를 따라 나갔다. 황씨는 편의점 앞 테이블에 맥주와 안주를 내려놓고 의자를 꺼내 앉았다.

"와, 덥구만."

이렇게 말하며 맥주 캔을 따 무신에게 건넸다. 이어서 자기 것도 집어들어 딴 후 벌컥벌컥 들이켰다.

"아, 시원하다!"

무신은 천천히 맥주를 마셨다. 맥주 캔 표면에 맺힌 물방울이 손가락을 적셨다. 황씨가 물었다.

"날도 더운데 어디 여름휴가라도 안 다녀오세요?"

그의 연속된 친절에 조금은 마음이 부드러워진 무신이 대답했다.

"어디 갈 데가 있어야죠."

"그렇죠. 뭐 마땅히 갈 데도 없고…."

무신은 지난번 황씨가 들려준 얘기가 떠올라 그의 어머니가 살고 있다는 전라도 어디라도 한번 다녀오지 그러냐고 말했다.

"찾아뵙긴 해야 되는데, 요 모양 요 꼴로 가긴 좀 그래서…. 동생 녀석이 고향 집이랑 가까운 남원에 살고 있으니까 자주 들러서 말 상대도 해드리고 할 거예요." 황씨는 그렇게 말하고는 오징어를 우적우적 씹었다.

그는 육군 부사관 출신이었다. 중사까지 달았는데 술을 먹고 사고를 치는 바람에 전역하게 되었다고 했다. 사회에 나온 후 이런저런 일에 손을 댔지만 잘 풀리지 않았고 결국 이 년 전부턴 건설현장에서 막노동을 하며 지내게 되었다고 말했다.

"지금은 이런 꼴이지만 그래도 내가 부대에 있을 땐 말이에요, 일 잘하는 놈으로 유명했어요. 조금만 더 버텼으면 대대 보급관으로 올라가는 건데, 이놈의 술 때문에…."

군에서 쫓겨나게 된 게 못내 아쉬운 듯 담배연기를 길게 내뿜으며 그가 말했다.

"사고 치고 옷 벗고 나니까 만나던 여자도 떠나가고 참 비참해지더라고요."

거기까지 말하곤 잠시 말이 없던 그가 갑자기 궁금해진 듯 물었다.

"근데 무신 씨는 사귀는 여자 있어요?"

물론 없었다. 그러나 얼마 전부터 그런 가능성을 타진하고 있는 여자가 있기는 했다. 대학시절 만난 연희였다. 한동안 연락이 끊겼던 그녀에게 얼마 전 그는 다시 연락을 시도했던 것이다.

국어교육과 학생이었던 그녀를 경영학과 학생이었던 그가 만날 수 있었던 건 함께 가입한 동아리 덕분이었다. 그녀는 아주 뛰어난 미인이라고 할 수는 없지만 꽤 예쁜, 어떤 청순함을 지닌 여자였다. 아담하고 날씬한 몸매, 어깨까지 내려오는 검은 생머리, 우아한 고양이를 연상시키는 하얗고 조그만 얼굴, 무언가를 묻고 싶은 듯한 크고 아름다운 검은 눈, 미소를 띠는가 싶다가도 금방 차가운 느낌을 자아내곤 하던 붉은 입술.

처음에 상대에게 보다 관심을 나타냈던 건 그녀 쪽이었다. 함께한 자리에서 그녀는 그에게 사소한 친절을

베풀었고 알게 된 지 얼마 되지 않아 먼저 연락처를 묻기도 했으니까. 그 또한 그녀에게 호감을 느꼈고 작은 눈웃음, 미묘한 말투, 손바닥으로 살짝 때리는 가벼운 스킨십이 주는 기쁨 또한 충분히 인식하고 있었다. 그러나 아쉽게도 당시 그에게는 호감을 품은 다른 여자가 있었다. 이제 와 돌아볼 때 그는 왜 그때 분명히 자신에게 호감을 나타냈던 연희를 두고 자신의 마음을 거절한 은진에게 집중했는지 안타까움을 느꼈다. 그러나 인간이란 본래 허용된 것보단 금단의 영역에 더 큰 끌림을 느끼는 법. 무신 또한 소유할 수 없는 은진의 마음이, 쉽게 얻을 수 있는 것으로 보이는 연희의 그것보다 쟁취할 만한 가치가 있는 것으로 여겼던 것이다. 많은 시간이 지난 후 돌아보면 명백하게 어리석은 결정이었다고 판명될 일도 설명되기 힘든 복잡한 열망에 사로잡힌 당시에는 어찌해 볼 도리 없는, 결국 이렇게밖에 될 수 없는 거야, 라고 중얼거리며 받아들여야만 하는 숙명처럼 보이는 법이다.

"없어요."

"왜 없을까? 이렇게 잘생겼는데."

황씨가 무신의 남자다운 얼굴을 은근한 눈빛으로 바라보며 말했다. 무신이 계속 아무 말이 없자 황씨는 뭔가를 생각하는가 싶더니 주제를 바꿔 다른 얘기를 꺼냈다. 이후 한 시간 넘게 계속된 그의 시답지 않은 얘기를 들으며 무신은 다신 그와 그런 쓸데없는 시간을 보내지 않겠다고 마음먹었다.

6.

"무신 씨는 어머니 찾아뵌 지 얼마나 됐어요?"

무신의 대답에 따라 자신이 어머니를 찾아뵙지 못한 기간이 긴 것인지 그렇지 않은지가 판명 나기라도 하는 것처럼 황씨가 갑자기 진지한 얼굴로 물었다.

무신은 그 주제로 이 남자에게 이런저런 얘기를 꺼내 놓고 싶지 않았다. 그래서 말했다.

"저도 마찬가지죠. 이런 꼴로 찾아가서 뭐하겠어요."

잠깐 둘 사이에 침묵이 흘렀다. 분위기를 반전시키려는 듯 황씨는 오늘 일터에서 있었던 별로 흥미롭지도 않은 사건들을 열을 내어 주절거리기 시작했다. 무신은 그의 얘기에 적당히 호응하며 맥주를 홀짝였다. 그리고 생각했다.

'괜히 따라 나왔다. 이런 지루한 얘기나 들어 줘야 할 게 뻔했는데….'

그때 갑자기 황씨가 음탕한 웃음을 지으며 말했다.

"근데 저기…."

무신이 '뭔데요?' 하는 눈으로 바라보자 황씨가 다시 한번 씩 웃고는 말했다.

"생각 있음 언제 같이 한번 좋은 데 가실래요?"

"좋은 데?"

"에이, 알면서."

아까보다는 조금 조심스러워진 웃음을 띠며 황씨가 말했다.

"요 가까운 데 제가 잘 아는 데가 있는데."

그의 그 은근하면서도 노골적인 태도와 말투가 갑자기 무신을 짜증 나게 했다.

'저 구역질 나는 놈이 지금 나한테 무슨 말을 하는 거야. 날 뭘로 보고!'

무신은 분노가 실린 어조로 말했다.

"그런 데 관심 없으니까 다시는 나한테 그런 얘기하지 마요!"

"아, 나는 그냥 뭐 저… 그래요. 싫으면 할 수 없는 거지요, 뭐."

무신의 반응에 당황한 황씨가 말했다.

'정말 짜증 난다. 뭣 같은 동네에 사니 뭣 같은 놈과 엮일 수밖에. 이런 놈과 여기서 이럴 바엔 차라리 관에 틀어박혀 잠이나 자는 게 낫겠다!'

"저기, 그냥 해본 소리니까 너무 나쁘게 생각하지 마시고…."

그렇게 말하며 황씨는 오른손으로 무신의 등을 부드럽게 쓰다듬었다.

'이 자식이 지금 뭐하는 거야? 기분 나쁘게.'

몸을 뒤로 빼며 무신이 말했다.

"잘 마셨습니다. 저는 먼저 들어가 볼게요."

무신이 자리에서 일어나자 황씨가 그 두꺼비 같은 얼굴에 다시 한번 당황한 빛을 드러내며 말했다.

"아니, 안주도 이렇게 많이 남았는데 벌써 가시려고

요? 그러지 마시고 조금만 더 같이 드시죠."

그렇게 말하며 그는 무신의 팔을 잡았다.

"저… 내 말 때문에 혹시 기분 나쁘셨다면… 나는 저기 그냥… 여자친구도 없다고 하시고 그래서 외로우실까 봐 드린 말씀이니까…."

그런 소리들은 무신을 더 화나게 만들었다. 그는 차가운 목소리로 "들어가 보겠습니다" 하고 말하곤 그의 손을 뿌리치며 뒤도 안 돌아보고 고시원으로 향했다. 후덥지근한 바람에 음식물 쓰레기 썩는 역겨운 냄새가 실려 걸음을 옮기는 무신의 얼굴에 닿아 왔다.

'젠장!'

깜빡이는 가로등 아래로 길고양이 한 마리가 느릿느릿 지나가는 것 외엔 이 볼품없는 뒷골목엔 아무도 보이지 않았다. 걸음을 빨리해 허름한 고시원 건물로 들어선 그는 화장실로 가 오징어와 땅콩을 집어먹어 기름기 묻은 손을 비누로 씻고는 방으로 갔다. 스탠드를 켜고 책상에 앉자 황씨가 했던 말이 떠올랐다.

'말 같지도 않은 소리나 지껄이는 구역질 나는 놈!'

그 자식은 전형적인 인생의 패배자다, 라고 무신은

혼잣말을 했다. 그는 황씨의 실패한 인생, 실패했으면서도 자잘한 쾌락들을 찾아다니며 소소한 만족을 얻고 그렇게 별 불만 없이 구질구질한 삶을 이어 가는 방식에 진저리를 쳤던 것이다. 그것이야말로 무신이 가장 마주치고 싶지 않은 두려운 삶이었기에. 자신의 남은 인생이 그런 방향으로 흘러갈지도 모른다는 공포감을 느끼고 있었기에. 어떻게든 그런 인생에, 그런 인생을 연상시키는 것들에 노출되고 싶지 않았기에 호의를 갖고 친절하게 다가오는 황씨가 지저분한 두꺼비로 보였던 것일지도 모르니.

결국 그것은 미래에 대한 불안함이었다. 앞으로 전개될지도 모를 타락에 대한 공포였다. 피할 수 없다며 걸어오라는 운명에 대한 반발이었다는 말이다.

얇은 벽을 뚫고 옆방 남자의 통화 소리가 들려왔다. 구차하고 지루한 쓸데없는 얘기가 분명했다. 그는 말하자면 또 다른 황씨였다. 그러나 누가 알겠는가? 옆방의 그 사내도 방 안에서 무어라 혼잣말을 중얼거리는 무신에 대해 동일한 생각을 품고 있을지.

7.

무신이 연희와 만나기로 한 영등포 타임스퀘어로 가기 위해 고시원을 나선 것은 뜨겁게 내리쬐던 태양이 서서히 저물기 시작하는 여섯 시 오십 분쯤이었다. 약속 장소로 향하는 그의 머릿속에 처음 찾아든 생각은 고시원으로부터 시작되는 이 길, 이 동네, 영등포라는 지역에 대한 반감과 관련된 것이었다. 아주 간단히 말해 그는 이 동네가 싫었다. 이곳의 구질구질한 풍경이 싫었고 어쩔 수 없이 이 구질구질한 풍경 속에서 하루하루를 살아가야만 하는 자신의 처지도 싫었다. 이날의 풍경 역시 그의 그런 생각을 강화시켜 주었다. 전봇대 밑에는 어제저녁 누군가가 게워 놓은 토사물이 악취를 풍기고 있었고 그 전봇대에서 몇 걸음 떨어진 곳엔 리어카를 끌며 폐지를 줍는 할아버지가 보였다. 그와 동시에 삼십 년쯤 된 낡은 아파트와 활력 잃은 상가건물은 그가 이 동네에서 자주 받곤 했던 퇴락하고 버려진, 무기력과 낙후의 기운을 진하게 풍기고 있었다.

물론 자신이 사는 동네에 대한 인상은 매우 주관적

인 것임이 분명했다. 따지고 보면 그가 사는 동네와 비슷한 장소들은 서울 여기저기에 꽤 많이 있을 테니까. 영등포가 신도시나 뉴타운 같은 대단위 개발지구 특유의 구획되고 정리된 맛이 부족한 것은 사실이다. 하지만 영등포 역시 개발과 재정비가 이루어지고 있었고 어떤 블록은 화사한 모양새를 뽐내고 있기도 한 만큼 그의 경멸 섞인 폄하는 부당한 측면도 있었다. 그러나 중요한 것은 객관적인 사실이 아니라 그가 그렇게 인식하고 있다는 것, 그것이 중요했다. 그는 자신이 서울의 가장 초라하고 변변치 못한 곳에서 살고 있다고 느꼈고 그럼으로써 매순간 자신의 실패와 불행을 구현하고 있는 환경과 마주칠 수밖에 없었다.

횡단보도 앞에서 신호가 바뀌길 기다리던 그의 눈으로 작은 벌레 하나가 날아들었다.

"에잇!"

그는 오른손을 휘둘러 벌레를 쫓아 버렸다. 그러나 벌레는 다시 날아왔다.

"아, 짜증 나! 이게 미쳤나?"

그렇게 말하며 손을 몇 번 휘두르자 벌레는 또 달아

났지만 잠시 후 다시, 끈덕지게 그에게로 달려들었다. 그러는 사이 신호등이 파란불로 바뀌었다. 그는 걸음을 빨리해 건널목을 건넜다. 그렇게 얼마쯤 더 걷자 벌레는 더 이상 따라붙지 않았다.

"휴, 왜 이렇게 더워."

불평을 주절대며 발걸음을 옮기던 그의 머릿속이 조금 뒤 만나게 될 연희에 대한 생각으로 전환된 것은 얼마 지나지 않아서였다. 그 생각은 오랜만에 다시 만나게 될 연희라는 존재가 유발한 설렘과 그 만남이 성사되기까지 계속되었던 그녀의 미온적인 태도에 대한 불만이 뒤섞인 것이었다.

"한번 만나 달라고 이렇게 애걸하게 될 줄은 생각도 못했는데…."

이 말처럼 오늘의 만남이 성사되기까지 그와 그녀 사이에 오갔던 대화는 그에게 적지 않은 자존심의 상처를 주었다.

이제까지 그는 호감을 느끼는 여자에게 관심을 나타낼 때 상대의 반응이 뜨뜻미지근하면 굳이 매달리지 않았다. (유일한 예외는 앞서 언급한 '은진'이었다.) 자신에게 관심

48

없는 여자에겐 관심 없었다. 이것이 그의 연애관이었다. (그의 연애관에 상처를 입힌 여자는 은진을 포함해도 셋을 넘지 않았다.) 말하자면 그는 매우 자존심이 센 남자였다.

그러나 그의 인생이 나락으로 떨어진 후 그런 자존심을 발휘할 기회는 현격히 줄어들었다. 우선 학교에 있을 때처럼 자연스럽게 이성과 만날 기회가 사라졌고 어떻게 기회가 생겨도 그의 자존심이 현재 자신의 초라한 모습 그대로 이성 앞에 서는 것을 허락하지 않았기 때문이다. 그런 처지를 적당히 속이고 만나면 되지 않겠느냐고 말할 수 있을지도 모르지만, 무신은 그런 남자가 아니었다. 그는 사랑이란 감정 앞에서 진솔한 사람이었다. 그런 그였기에 대학 자퇴 후 시작된 노동의 나날 중 단 한 차례도 연애를 하지 않았던 것이다. 그랬던 것이 일을 그만두고 자신에 대해 돌아보는 시간을 가지면서 달라지게 되었다. 그는 아무리 현재 자신의 처지가 썩 그럴듯하지 않아도 자신을 정말로 사랑하는 여자라면 모든 것을 이해해 주고 품어 줄 수 있지 않을까 생각했다. 현실주의자들이 들으면 코웃음 칠 생각이었지만 그는 충분히 가능한 일이라고 믿었다. 그런 면에서 그는 순수한 사람이었다.

그런 그에게 떠오른 사람이 바로 연희였다. 그를 보면 수줍은 얼굴로 웃던 그녀. 그런 수줍음에도 조심스럽게 마음을 드러내 보였던 그녀. 그녀와 관련된 추억들은 무신에게 그녀를 한없이 순결하고 순수한, 세속적 잣대로 남자를 평가하지 않는, 바로 지금이라도 그의 마음을 받아 줄 수 있는 고상하고 유일한 존재로 확신하게 만들었다. 더욱이 그녀는 가난을 알았다. 아버지를 일찍 여읜 후 홀어머니 밑에서 자랐기에. 그래서 그녀의 대학시절은 항상 아르바이트와 함께였다. 그럼에도 그녀는 밝은 빛을 잃지 않았다. 그런 그녀인 만큼 지금 그가 처한 상황만 보지는 않을 거라는 희망이 있었던 것이다.

그러나 그런 생각으로 연락을 한 그녀에게서 돌아온 반응은 그리 따뜻하지 못했다. 그녀는 만남을 좀처럼 허락하지 않았고 그런 그녀에게 몇 차례 더 만남을 신청하면서 실망을 넘어 굴욕감까지 느끼게 되었다. 그러나 그 뒤 어찌어찌해서 만남을 승낙했고 바로 오늘이 그날이었던 것이다.

얼마나 걸었을까, 타임스퀘어가 그의 시야에 들어왔다. 그러자 그에게 아주 오랜만에 주어진 소비의 전당에서 이성과 만나 차를 마시며 이런저런 대화를 나눌 수 있다는 기쁨이 강하고 확고하게 불만의 감정을 물리쳤다. 설렘이 승리한 것이다. 그는 걸음을 재촉해 약속 장소인 카페로 들어섰다.

'아직 십 분 넘게 남았군….'

그는 천천히 주변을 살펴보았다. 건너편 테이블에 마주 앉아 커피를 홀짝이며 대화를 주고받는 커플, 사십 대 중반쯤으로 보이는 아주머니 네댓 명이 수다를 떨며 웃음을 터뜨리는 광경, 빨대를 살짝 깨문 채 스마트폰만 들여다보고 있는 젊은 여자. 이 평범하고 단조로운 풍경 속에 일이 분 더 시선을 고정하고 있던 그는 이내 결심한 듯 자리에서 일어나 카운터로 갔다.

"아이스 아메리카노 하나 주세요."

더위 속을 이십 분 넘게 걸었기 때문인지 커피는 적어도 시원함이란 측면에선 아주 만족스럽게 느껴졌다. 친숙한 회색빛 나날과는 분명히 색채가 다른, 어떤 희망 섞인 기대를 지닌 채로 그는 그녀가 오기를 기다리며 이런저런 생각을 했다. 그 생각은 그녀와 처음 만난 어느 날로 향하는가 싶다가 돌연 그녀와는 전혀 상관없는 조용하고 평화로운 초등학교 시절 어느 봄날의 가족 소풍 장면으로 바뀌는가 싶더니 이윽고 그의 현실의 가장 명확한 구현인 캄캄한 한 평짜리 고시원 방 책상 위의 불 꺼진 스탠드로 이어졌다. 그는 별로 유쾌하지 않은 공간을 떠올린 것에 짜증을 느끼며 서둘러 생각을 전환시켰다. 하지만 그 후에도 그가 애써 불러 낸 행복했던 과거의 기억들 사이사이로 현실의 우중충한 광경들이 불쑥불쑥 나타나는 것을 완전히 차단하지는 못했다. 그런 이미지들이 얼마나 흘러왔다 흘러갔을까, 시간은 벌써 일곱 시 반을 지나 있었다.

8.

그녀가 오길 기다리며 비어 버린 지 오래인 컵을 만지작거리던 그가 무거운 한숨을 내쉬었다.

'왜 이렇게 안 오지? 무슨 일이 있나….'

그의 머릿속은 그녀가 늦는 이런저런 상황에 대한 가정으로 복잡해져 있었다. 그녀는 십 분 전 보낸 문자에도 아무런 대답이 없었다. 어쩌면 그녀가 오지 않을지도 모른다는 생각이 점점 더 강하게 그를 사로잡았다. 만약 그렇게 된다면 정말로 수치스러운 일일 거라고 생각했다. 이미 바닥까지 떨어진 자존심이 한 번 더 강력한 타격을 받게 되는 것이다.

그는 휴대폰을 들어 그녀에게 전화를 걸었다. 받지 않았다. 그는 모욕감을 느끼며 전화를 끊었다. 이렇게 나를 무시하다니, 어떻게 이럴 수 있단 말인가! 그녀에게 기대를 걸었던 자신이 어리석게 느껴졌다. 그런 생각으로 그가 거칠게 자리에서 일어나려는 순간 그녀의 얼굴이 그의 앞에 나타났다.

"늦어서 미안해요. 몸이 좀 안 좋아서…."

그녀가 나타난 순간 바로 전까지 그의 마음을 지배하고 있던 분노의 감정은 갑작스럽게 위축되었다. 대신 기대가 완전히 수포로 돌아가 버리진 않았다는 약한 안도감과 그럼에도 소리 없이 밀려드는 알 수 없는 불안감이 그의 심리상태를 계승했다.

그녀는 대학시절의 싱그러움을 많이 상실한 얼굴이었다. 생기 없는 안색, 살이 빠져 초췌해 보이는 뺨, 엷은 잔주름들…. 얼굴뿐 아니라 그녀를 둘러싼 분위기 전체가 이십 대 후반의 여성이 종종 드러내는 청춘의 내리막을 완벽하게 구현하고 있었다. 그는 실망감을 느꼈다. 그가 떠올렸던 그녀의 모습은 현실의 그녀에겐 이미 과거였던 것이다.

"괜찮아? 어디가 안 좋은데?"

그렇게 묻는 그의 어조엔 희미하게 실망감이 배어 있었다.

"낮에 아는 사람 결혼식에서 이것저것 먹었는데 체했나 봐요."

그렇게 말하며 자리에 앉는 그녀의 얼굴은 창백해 보였다.

"몸이 안 좋으면 전화하지. 다음에 만나도 되는 건데…."

아무런 대꾸도 없는 그녀에게 그가 다시 말했다.

"뭐 마실래?"

"아니요. 전 그냥 안 마실게요."

그녀가 기운 없는 얼굴로 대답했다.

"그래."

음료를 주문하려고 자리에서 일어서던 그가 다시 앉으며 말했다.

"정말 오랜만이네. 잘 지냈어?"

"네. 오빠도 잘 지내셨어요?"

"어. 나야 뭐 그럭저럭 지냈지. 너는 어떻게 임용고시는…?"

"계속 하고는 있는데…."

그녀가 기운 없는 말투로 대답했다. 그녀는 졸업 후 삼 년째 임용고시에 매달리고 있었다. 그 출구가 보이지 않는 경쟁에. 그는 그녀의 짧은 세 마디에서 힘들고 지친 상태를 읽을 수 있었다. 그런 모습을 바라보고 있자니 무슨 말을 해야 할지 떠오르지 않았다. 약간의 침묵이 흐른 후 그녀가 말했다.

"오빠는 어떻게 지내셨어요?"

"이 일 저 일 하면서 지냈어. 지금은 잠깐 쉬는 중이고."

이 일 저 일? 만약 그가 떳떳하게 내세울 만한 직업이 있었다면 굳이 그런 표현을 사용하지는 않았으리란 걸 그녀도 짐작하는 눈치였다.

"곧 돈 좀 모이면 예전부터 하고 싶었던 공부 시작하려고."

그의 말에 그곳에 도착한 이래 처음으로 희미한 호기심이 묻어난 표정을 지어 보이며 그녀가 물었다.

"예전부터 하고 싶었던 공부? 뭔데요?"

그가 웃으며 대답했다.

"영화 관련 공부."

"영화요?"

"어. 예전부터 그쪽에서 일해 보고 싶다는 생각이 있었거든."

"네."

막 출현한 호기심이 급속도로 빛을 잃은 얼굴로 그녀가 짧게 대답했다. 어디서 공부를 할 건지, 공부를 마치면 구체적으로 어떤 일을 하고 싶은지 같은 것들은 전혀 관심이 없는 것 같았다. 그는 그녀의 그런 반응이 자신이 말한 공부라는 게 성공확률이 낮은, 그의 나이에 새롭게 시작하겠다고 말하기엔 다소 철없어 보이는 것이기 때문이리라 생각했다. 그런 생각은 그를 맥 빠지게 만들었다. 그는 되는 대로 말을 꺼냈다.

"여전히 상도동에 살고 있어?"

그녀가 무덤덤한 얼굴로 대답했다.

"아니요. 안양으로 이사 갔어요."

마치 단답형 질문에 대한 대답처럼 돌아오는 그녀의 말에, 그 성의 없는 태도에 살짝 모욕감 비슷한 무엇을 느끼며 그가 물었다.

"안양 어디?"

"비산동이요."

그는 단순히 그녀가 이사한 동네의 지명을 듣고자 질문한 것이 아니었다. '어머니가 직장을 그쪽으로 옮기면서 이사 가게 됐어요. 예전에 살던 동네보다 더 좋은 것 같아요' 같은 세부적인 이야기들이 이어지기를 원했다. 그러나 그녀는 그러고 싶지 않은 듯했다. 계속되는 그녀의 사무적인 대답은 점점 더 그를 짜증 나게 했다. 그는 잠시 동안 아무 말도 하지 않았다. 그러한 상태가 일 분 가까이나 계속되었다. 아마 조금만 더 그런 상태가 지속되었다면 그는 그녀에게 그만 일어나자고 말했을지도 모른다.

"오빠는 요즘도 목동에 계세요?"

거의 참을 수 없을 만큼 오래 지속된 둘 사이의 침묵을 깨고 그녀가 말했다. 물론 그것은 그에게 그리 즐거운 주제는 아니었다.

"아니, 나도 이사했어. 여기서 별로 멀지 않은 데 살아."

그의 말에 그녀가 가만히 고개를 끄덕였다. 그런 거야 어찌됐든 무슨 상관이 있겠느냐는 무덤덤한 얼굴로.

9.

그렇게 생기 없는 말들과 간헐적인 침묵이 교차하던 대화가 십 분쯤 이어졌을까, 그녀가 갑자기 물었다.

"근데 오늘 왜 보자고 하신 거예요?"

따져 묻는 어조는 아니었다. 오히려 부드러운 어투의 질문이었다고 해야 할 것이다. 하지만 그 물음이 내포하고 있는 뜻은 분명했다. 나는 빨리 돌아가고 싶으니 어서 핵심 용건을 말하라. 그는 그녀의 물음에 감정이 상했지만 순간, 이상하게도 그녀의 입장이 이해되기도 했다. 그것은 참으로 이상한 일이었다. 그녀가 그 말을 하는 순간, 그의 마음속 깊은 데서 그녀의 입장이 이해됐던 것이다. 그녀는 그에게 이성적인 관심이 없었고—아니, 보다 정확하게 말해 그런 관심을 가질 여력이 없었고—빨리 만남을 마무리 짓고 집으로 돌아가고 싶었을 것이다. 그런 그녀가 그와 같은 물음 아닌 어떤 물음을 던질 수 있단 말인가. 그래서 그는 "뭐 그냥, 그냥 오랜만에 연락도 됐고 해서…"라고 얼버무렸다. 그의 얼굴을 빤히 쳐다보던 그녀가 그가 판단하기에 분명히 어떤 불만이 포함된 미묘한 표정을 지으며 말했다.

"저 계속 몸이 안 좋아서 그런데, 들어가 봐야 할 것 같아요."

한시바삐 그곳을 떠나고 싶다는 마음을 명확하게 표현한 그녀의 발언에 굴욕감을 느끼며, 그러나 애써 그런 마음을 드러내지 않으려 노력하며 그가 말했다.

"그래. 그럼 일어나자."

그녀가 자리에서 일어났고 그는 왠지 초라하게 느껴지는 자신의 빈 컵을 쓰레기통으로 가져갔다. 그녀는 그가 컵을 버리고 돌아올 때까지 서서 기다리다가 천천히 카페 밖으로 나갔다.

에스컬레이터를 타고 내려와 건물 밖으로 나오자 내려앉은 어둠이 그들을 맞이했다. 열기는 여전했다. 이제 그는 빨리 그녀와 헤어져 혼자가 되고 싶었다. 빨리 이 씁쓸한 만남을 종결하는 것이 그 순간 그가 가장 원하는 일이었다.

"어떻게 가?" 그가 물었다.

"지하철로요."

그녀의 어조에는 아까 카페 안에서 보여 주었던 것과는 다른 어떤 부드러움이 묻어 있었다. 그것은 돌아가고 싶다는 그녀의 의견, 언어적, 비언어적 방식 모두를 사용해 대화 내내 계속해서 표명되었던 그녀의 의견을 그가 수용한 데 대한 보상 같은 거라고 그는 느꼈다. 그러자 다시 한번 씁쓸한 감정이 마음을 스치고 지나갔다. 그가 말했다.

"그럼 영등포역으로 가야겠네."

"네."

한시라도 빨리 그녀와 헤어지고 싶었지만 그는 그녀에게 역까지 바래다주겠다고 했다.

"바래다주지 않으셔도 되는데….."

그녀가 말했다. 이제 여성적인 부드러움은 완벽하게 그녀의 말투에 깃들어 있었다.

"괜찮아. 얼마 멀지도 않은데 뭘."

그들은 한동안 말없이 걸었다. 역으로 이어진 지하 상가 계단 앞에 다다랐을 때 그녀가 뒤돌아서 그를 보더니 말했다.

"오빠, 살 많이 빠지신 것 같은데 잘 먹고 다니세요."

그로부터 완전히 벗어나기 직전 그에게 가장 따스한 말을 건네는 그녀에게 그는 일종의 허탈함을 느끼며 대답했다.

"그래."

"그럼 들어가 볼게요."

"어. 조심해서 들어가."

그녀는 그를 뒤로하고 계단을 내려갔다. 그도 몸을 돌려 발걸음을 옮겼다. 곧 그의 머릿속에서 오늘의 만남에 대한 평가가 시작되었다. 모든 것이 불만족스러웠다. 그녀의 시들어 버린 아름다움, 성의 없는 태도, 그런 그녀에게 어떤 장밋빛 기대를 품었던 자신의 어리석음까지 모두 다. 그는 "최악이었다"라고 중얼거렸다. 명백히 자신과 함께 있고 싶어 하지 않는 여자와 함께하기 위해 애썼던 자신이 수치스럽게 느껴졌다.

'그러니까 이것은, 말하자면 굴욕감이다. 나는 오늘 최악의 굴욕을 당한 것이다. 지금의 내가 너무도 보잘 것없는 인간이기 때문이다. 하지만 아무리 그렇다 하더라도 그녀는 내게 너무 심하게 대했다. 자기 또한 나 못지않게 초라한 주제에!'

그러자 그의 마음속 어딘가에서 아주 음습하고 지저분한 어떤 존재가 불쾌한 말들을 속삭이기 시작했다.

'너는 오늘 큰 실수를 한 거야. 자신을 이렇게 우스꽝스러운 처지에 던져 넣다니. 다시는 걔한테 연락하지 마. 아예 휴대폰 번호를 지워 버려! 오늘의 이 일, 아니 걔랑 관련된 모든 기억을 다 지워 버리라구!'

그때 그 속삭임에 반하는 다른 목소리가 들려왔다.

'그녀가 오늘 너에게 좀 심하게 대한 건 분명 사실이야. 하지만, 너도 봐서 알겠지만 그녀는 지쳐 있었어. 임용고시와 풀리지 않는 인생에. 그녀도 너처럼 인생에 지쳐 있었다고. 그녀의 경제 사정은 너도 알잖아. 홀어

머니 밑에서 어렵게 자란 거. 학교 다닐 때부터 항상 아르바이트로 바빴던 거.'

목소리가 거기까지 속삭인 순간 긴 머리카락을 질끈 묶은 그녀가 학교 앞 카페에서 열심히 서빙하던 모습이 떠올랐다.

'너도 알잖아. 그녀가 본성은 착한 여자라는 걸. 오늘도 헤어지기 전엔 따듯한 말을 건넸잖아. 그게 그녀의 본심일지도 몰라. 과거엔 너를 좋아했고 지금도 네가 좋은 사람인 것은 알고 있지만 너나 자기나 모두 힘든 상황에 처해 있고 그런 상황에서 연애를 하기엔 도저히 무리라는 걸 느꼈기에 그렇게 차갑게 대했는지도 모른다고.'

그 음성에는 그가 동의할 수밖에 없는 측면이 있었다. 그녀와 함께 있을 때, 어느 순간 그녀의 입장이 이해되기도 하지 않았던가. 그러나 그는 화가 나 있었다. 그런 상황에선 자아의 선한 음성마저도 부정적으로 기능했다. 그녀가 본성은 착한데 자신과 똑같이 힘든 상황에 처해 있는 그를 거부할 수밖에 없었을 거라는 주장은, 결국엔 오늘의 실패한 만남의 본질적인 원인이 그에게 있다는 뜻으로 해석될 수도 있으므로.

"젠장!"

그렇게 중얼거리며 그는 걸음을 빨리했다.

'결국엔 돈인 것이다. 돈! 내면에 아무리 좋은 것들을 많이 담고 있다 해도 이 세상에선 돈이 없으면 그 가치를 인정해 주지 않는다. 그런데 나에겐 돈이 없다. 빚만 있다. 그렇다면 어쩔 수 없이 이 껍데기만 보는 세상에서 인정받을 수 없는 것이다. 인정받기 위해선 돈이 있어야 한다. 돈을 모아야 한다. 그러나 지금 내 상황에서 그것은 너무도 요원한 일이다. 아무리 노력해도 한 달에 삼십만 원 이상은 모을 수가 없다. 한 달에 삼십, 일 년에 삼백육십, 십 년에 삼천육백. 마흔셋에 삼천육백! 젠장, 엿 같은 인생!'

신경질적이고 빠른 걸음으로 고시원 앞에 도착한 그는 깊은 한숨을 한번 내쉰 뒤 문을 열고 안으로 들어갔다. 어둡고 좁은 계단을 올라 3층으로 들어서자 사람 한 명이 간신히 지나다닐 수 있는 넓이의 복도가 나타났다. 복도를 가운데 두고 양옆으로 나 있는 무수한 문들, 그 문 하나하나마다 그와 다를 바 없는 비루한 삶을 이어 가는 낙오자들이 숨 쉬고 있을 것이다. 간신히 그날 벌어 그날 먹으며 주식과 채권, 부동산과 영향력을 가진 자들을 위해 봉사하는 일개미들이. 그런 생각을 하며 복도를 지난 그는 양옆으로 이어진 답답한 문들 가운데 하나인 자신의 보금자리, 끔찍한 관의 뚜껑을 열었다.

10.

그녀와 함께 있을 때 그토록 갈망했던 깜깜한 자신만의 어둠속으로 도피했음에도 그의 마음은 안정되지 않았다. 빨리 잠들기 위해 편한 자세를 취하려고 여러 번 뒤척였지만 잠의 안식은 좀처럼 주어지지 않았다. 오히려 그의 머릿속에선 그날의 특정한 장면들이 뚜렷하게 되살아났고 그럴 때마다 수면을 방해하는 각성제 같은 모욕감도 뒤따라왔다. 거기다 끈적끈적하게 달라붙는 더위까지 있었다.

"이런 식이라면 잠들긴 글렀다. 뭔가 방도를 찾아

야 해."

그렇게 중얼거리며 침대에서 벌떡 일어난 그는 책상 위에 놓여 있던 빈 병을 들고 주방으로 갔다. 주방 정수기 앞에 다가선 그는 병뚜껑을 열어 물을 받았다. 물은 미지근했다. 그는 냉수가 안 나오는 것에 짜증을 느꼈지만 계속 물을 받았다. 가득 찬 병의 물을 한 모금 마신 그는 천천히 걸음을 옮겨 다시 방으로 돌아갔다. 방 안엔 탁한 공기와 더위가 암흑과 뒤엉켜 있었다. 그는 다시 침대에 드러누웠다.

누운 지 십 분이나 지났을까? 이제는 그만 좀 멈췄으면 좋겠는데도 그의 뇌는 계속해서 이런저런 생각을 그에게 공급했다. 그 생각들은 두서없는 것이었고 방향도, 목적도 불분명했다. 그는 잡생각들로부터 벗어나 가치 있는 사고를 전개해 보기 위해 노력했다. 그런 노력이 얼마쯤 계속되었을 때 불현듯 어떤 생각이 떠오르기 시작했다. 유쾌하지 않았던 오늘의 만남에서 남녀 간의 사랑이란 보다 포괄적인 주제로 옮아간 것이 그 시발점이었다. 그는 '무신'과 '연희'라는 개인에 국한된 것이 아닌, 수많은 이들의 인생의 핵심적인 가치, 연

애와 결혼에 대해 고민하기 시작했다. 그 거대한 주제
로의 전환은 자신의 개인적인 불만족을 보다 객관적으
로 볼 수 있게 해줄 거라고 그의 무의식이 속삭였는지
도 모를 일이다.

그는 곧 직관적으로 느꼈다. 남녀 간의 사랑이 인간
에게 완전한 만족과 행복을 절대로 줄 수 없다는 사실
을 말이다. 몇 시간 전 있었던 실패한 만남이 유발한 감
정적 단견은 아니었다. 그의 지난 수많은 연애 경험이
최종적으로 가닿게 해준 결론이었다. 그는 전에도 느꼈
고 지금 이 순간에도 분명하게 느끼고 있으며 앞으로도
거듭해서 재인식될 것이라고 느꼈다.

그것은 근거 있는 결론이었다. 십 대 후반에서 이십
대 중반에 이르는, 그의 인생의 가장 찬란했던 시기에
이루어진 경험들은 이 주제에 대한 나름의 관념을 정립
하기에 부족함이 없는 것이었다. 그는—비록 지금의 그
에게는 옛일이 되었지만—꽤 인기가 있는 남자였다. 탄탄
한 체격에 남성적 매력을 강하게 풍기는 얼굴, 저음의
목소리와 우수 어린 분위기를 지닌 그는 고등학교 시절
부터 여성들의 관심과 호감의 대상이었다. 그런 이유로

그는 꽤 여러 번 연애라는 관계를 맺을 수 있었다.

'언제나 시작은 좋았다. 이 여자라면 나를 행복하게 해줄 수 있을 것 같았고 실제로 처음 얼마간은 그랬다. 그러나 그 초기의 설렘이 과연 얼마나 지속되었던가?'

대학에 입학한 직후 사귀게 된 민지. 그녀는 신입생 중 가장 인기가 많은 여학생이었다. 누가 그녀를 차지하게 될지가 모든 남학생의 관심사였다. 따라서 무신의 승리는 많은 이들의 부러움과 질시의 눈초리를 동반할 수밖에 없었다. 처음에는 그런 눈초리까지도 달콤했다.

'모든 게 새롭게 보였고 정말이지 세상 모든 게 바로 나를 위해, 나와 그녀를 위해 존재한다고 느껴졌지. 우린 사소한 것에도 즐거워했고 아주 작은 일에도 함께 웃곤 했지. 아주 행복하게!'

그러나 이내 찾아온 권태. 그녀는 더 이상 특별하지 않았다. 그녀를 특별한 존재로 여기게 했던 맑은 미소, 샴푸 냄새 나는 긴 생머리, 하얗고 예쁜 얼굴은 언제부턴가 익숙한 것이 되었고, 특별하지도 흥미롭지도 않은 것으로 바뀌었다. 아니, 어떤 면에서 그것은 불만의 이유가 되었다. 주관 없는 웃음과 변화 없는 생머리, 이제는 너무 눈에 익어 평범하게 느껴지는 이목구비는 그 모든 것에 대한 익숙함을 가져다준 시간과 함께 그녀를 감흥 없는 존재로 만들어 버렸던 것이다. 심지어 좋아했던 그녀의 얼굴 표정이나 제스처가 짜증스럽게 느껴지는 상황까지 발생했다. 그것은 이후에 계속된 일곱 번의 연애에서도 다소간의 차이는 있을망정 비슷하게 나타났다. 말하자면 연애와 사랑의 추동력, 설렘과 특별함은 곧 사라지더라는 말이다.

'아니지, 단순히 사라진다면 차라리 낫다. 그것은 사라지는 것이 아니라 변모한다. 다툼의 이유로.'

말없는 신비로운 성격은 재치 없고 귀염성 없는 단조로움으로 판명되고 장난기 많고 애교 넘치던 웃음은 경박한 미성숙으로 밝혀지게 된다. 도무지 없다. 인간의 적응력과 권태에 승리할 수 있는 여신은 말이다.

물론 로맨스가 연이어 계속되던 시절에 그가 이 모든 것을 명확하게 인식한 것은 아니었다. 그것은 두루뭉술하며 간헐적으로 출현하던 생각들이었다. 그러나 그 모든 것을 올바로 회고하고 그로부터 최상의 교훈을 도출해 낼 수 있는 지력을 지니게 되었다고 자부하는 지금, 그는 그것에 대해 결론을 내릴 수 있다고 느꼈다.

'아주 거대하고 초월적인 존재가 상공에서 우리를, 우리의 사랑을 내려다본다면 우리 인간의 모습은 수많은 곤충들의 짝짓기 모습과 조금도 다르지 않게 보일 것이다. 거기서 좀더 크고 좀더 색깔이 선명한 곤충이 되려고, 또는 그런 암컷을 차지하려고 발버둥 치지만 이내 곧 소멸되고 마는 존재. 계절이 바뀌면 찬 바람과 함께 죽고 마는 존재.

그렇게 자기 자신을, 그리고 상황을 극단적으로 객관화시키자 묘한 평정심이 찾아왔다. 그는 세상이 행복하다는 자들에게 이렇게 말해 주고 싶었다. 열심히 즐겨라. 곧 시들고 나뭇잎은 떨어진다. 그래서 그는 작은 목소리로 중얼거렸다.

"열심히 즐겨라. 곧 시들고 나뭇잎은 떨어진다."

자정을 지날 무렵 장대비가 쏟아졌다. 요란한 빗소리가 더위를 조금은 가라앉혀 주는 것 같았다. 그 시원함이 창문 없는 무신의 방까지 얼마나 도달할 수 있을지는 미지수였지만.

2부

신이 선한 존재라면 왜 세상을 이 상태로 놔두는 거지?

그는 할 수 있잖아. 이 모든 악을 쓸어버릴 수 있잖아.

그런데 왜 그는 가만히 있지?

아니지. 그게 아니야. 이렇게 물어야 해.

그는 왜 이다지도 잔인하지?

11.

　연희와의 만남 후 일주일이 흘러가는 동안 무신이 기다린 의미 있는 일은 명우와의 만남뿐이었다. 고시원 식당에서의 저녁식사, 황씨의 인사, 공원에서의 배회 등은 단지 만남이 도래하기까지 지나쳐야 할 시간을 메우기 위한 과정일 뿐이었다. 그리고 드디어 기다리던 날이 왔다. 그가 자신의 생활에 새로운 좌표를 설정하는 데 실마리를 얻을 수 있을 거라 고대하던 날이.

　약속 시간까지는 아직 한 시간 가까이 남았음에도 그는 고시원을 나섰다. 목동까지는 버스로 십 분이면 도착할 수 있는 거리였지만 덥고 갑갑한 방에 처박혀 있는 시간도 줄이고 돈도 아낄 겸 걸어가기로 했던 것이다.

벤자민 프랭클린은 말했다. 시간은 돈이라고. 그것은 시간을 돈으로 바꿔 낼 충분한 역량을 지닌 자들에게나 해당되는 소리다. 그렇지 않은 이들에겐 시간이란 돈을 얻기 위한 지불수단일 뿐이다. 시간이 돈이 아니라 시간의 주인이 돈인 것이다.

물론 무신은 돈을 위해 시간을 아낌없이 바치는 유형의 무산자는 아니었다. 일을 때려치우고 자기만의 시간을 갖고 있는 것이나 고시원 공동 주방 대신 음식점을 이용하는 것만 봐도 그렇지 않은가. 그러나 그의 기질이 어떻든 그는 수중에 돈을 얼마 지니지 못했다. 생존을 위해 요구되는 것들을 획득할 수 있는 여력이 얼마 남지 않았다는 말이다. 그런 상황은 인간을 비참하게 만든다. 아무리 자긍심과 자존심이 강한 사람이라 할지라도 말이다.

그러나 무신의 도보 이동을 꼭 경제적 궁핍의 여파로만 볼 수는 없을 것이다. 단순히 돈 몇 푼을 아끼기 위해서가 아니라 어떤 만족감을 얻기 위해 걷기로 마음먹었기 때문이다. 그는 이 점 오 킬로미터 정도 되는 목적

지에 다다르는 데 천이백 원이라는 비용을 지불하기보
단 자신의 두 다리로 그것을 이뤄 내고 싶었다. 물론 그
런 하잘것없는 일로 만족감을 얻는다는 것 자체가 벌써
돈에 종속된 삶을 살고 있다는 증거라고 한다면 할 말
이 없겠지만.

시끄러운 자동차 소음과 매연을 들이마시며 한참을
걸어 오목교에 다다른 무신은 그 다리로 이어지는 계단
을 오르며 생각했다.

'나의 옛 고향, 내가 있어야 할 영토에 발을 들여놓
는구나.'

다리 아래로는 안양천이 내려다보였고 다리 너머로
는 육십구 층짜리 마천루와 그 형제들이 보였다. 천천
히 걸음을 옮겨 다리를 건너는 내내 시원한 바람이 불
어왔다. 그 바람은 오랜만에 귀향한 무신에게 보내는
고향의 환영처럼 느껴졌다.

'그렇다. 이 다리는 두 개의 세계를 구별 짓는 경계
선이다. 행복과 불행, 개발과 낙후, 정돈과 무질서, 품위
있는 생활과 음식물 쓰레기 냄새로 대변되는 두 세계를
나누는 경계선.'

이전에도 언급했지만 그것은 전적으로 그의 독단적인 생각이었다. 고시원을 나서서 오목교에 올라타기까지 지나왔던 영등포구의 영역에도 지금 그의 눈에 보이는 양천구의 모습과 대동소이한 21세기 대한민국 건설 자본의 생산물, 번듯한 고층 주상복합 건물들은 얼마든지 있었다. 또 목동 신시가지도 조성된 지 어느덧 삼십 년 가까이 지났기에 그 구석구석은 그가 그토록 싫어하는 영등포의 낡고 녹슨 면모와 유사한 모습을 제법 많이 드러내고 있었다. 그러나 그런 것들은 그가 단순화시킨 두 영역의 이미지 속에는 불분명하게 뭉개져 있어 드러나지 않았다. 대신 뚜렷이 부각되는 것은 우뚝 솟은 현대식 건축물과 그 아래에서 거리를 걷고 있는 세련된 옷차림의 젊은이들로 상징되는 행복, 좁고 어두운 방에서 걸어 나와 볼품없는 거리를 보며 한숨을 내쉬는 땀 냄새 나는 이들의 불행뿐이었다. 한쪽이 천국이 되기 위해서는 다른 쪽은 지옥이 되어야 한다. 그렇게 목동은 무신의 인식 속에서 실제 이상의 우월한 가치, 행복과 황금시대의 상징이라는 지위를 얻게 되었던 것이다.

오목교에서 걸어 내려온 그는 약속 장소인 백화점 지하 광장으로 가기 위해 연결된 통로를 지나 오목교역으로 들어갔다. 그곳은 그의 고등학교와 대학시절 초년기의 추억들을 새롭게 일깨웠다. 첫사랑이었던 현지와의 데이트를 위해 설레는 마음으로 기다리던 귀퉁이, 친구들과 왁자지껄 떠들며 지나다녔던 대합실. 그 모든 공간은 여전히 그 자리에 그대로 살아서 뭔가 희망적인 메시지를 속삭이는 것 같았다. 그런 생각은 백화점으로 이어지는 무빙워크 앞에 이르렀을 때 절정에 달했다. 물결 모양의 천장 장식 아래 하얀 조명이 길게 이어진 세련된 공간은 그곳을 통과해 도달한 수많은 만남을 통해 얼마나 많은 화려한 즐거움들을 그에게 선사했던가. 그는 가볍게 한숨을 내쉰 후 무빙워크에 몸을 실었다. 천천히 밀려가는 그 이동수단과 함께 행복했던 지난 시간의 잔영들이 두서없이 밀려들었다.

무빙워크를 벗어나 의류 매장들을 지나 멀티플렉스 극장 매표소가 있는 광장에 이르렀다. 아직도 약속 시간까지는 이십 분이나 남아 있었다. 그는 실내 분수 주변 벤치에 앉아 오가는 인파를 바라보며 예전에 그가 그곳에서 봤던 영화들을 떠올렸다.

그러고 있는데 한 쌍의 연인이 옆자리에 와 앉았다. 스물, 스물하나 정도 돼 보이는 젊은 커플이었는데 여자 쪽은 꽤 귀여웠다.

'저 녀석은 좋겠네. 저런 예쁜 여자친구도 있고.'

어린 참새 같은 청춘 남녀의 재잘거림을 듣고 있자니 십 년쯤 전 그렇게 앉아 티격태격했을 자신과 연인을 보았을 삼십 대 중반의 어떤 남자도 속으로 비슷한 말을 하지 않았을까 하는 생각이 들었다.

'그래. 열심히 즐겨라. 인생 금방 간다. 곧 시들고 나뭇잎은 떨어진다.'

그렇게 생각하며 조소하듯 살짝 웃던 그의 내면 어딘가에서 '인생이란 얼마나 짧고 공허한가. 행복이란 얼마나 쉽게 깨어지고 사라지는가' 하는 목소리가 들려왔다.

그러나 그 주제로 더 빠져들기는 싫었다. 그래서 그는 서둘러 몸을 일으켜 쉬지 않고 영화 광고를 쏟아 내고 있는 대형스크린 앞으로 갔다. 그러곤 뿜어져 나오는 치고 부수고 충돌하고 폭발하는 영상들을 멍하니 바

라보았다. 곧 한편의 광고가 끝나고 또 다른 광고가 시
작되었다.

12.

명우가 도착한 건 끝없이 반복되는 영화 광고에 질
린 무신이 다시 벤치로 돌아가려던 순간이었다.

"무신아! 늦어서 미안. 일이 좀 길어져서….."

명우의 옆엔 도진도 함께 있었다.

"괜찮아. 얼마 늦지도 않았는데 뭐. 저거 보면서 기
다리니까(그러면서 무신은 광고가 계속되고 있는 스크린을 손가락으로
가리켰다) 별로 지루하지도 않았어."

지루함을 느꼈으면서도 그런 감정과는 반대로 거짓
말을 내뱉는 무신의 마음을 눈치채기라도 한 듯 명우는
여전히 미안함이 담긴 표정으로 말했다.

"그랬다면 다행이네."

그런 대화가 오가는 동안 아무 말 없이 서 있던 도진
을 무신과 인사시켜야겠다는 생각이 들었는지 명우가

말했다.

"도진이랑은 오랜만에 보는 거지?"

"한 오 년쯤 됐나? 마지막으로 본 게." 도진이 하얗고 잘생긴 얼굴에 옅은 웃음을 띠며 말했다.

"그쯤 된 것 같은데." 무신은 대학시절 처음 만났을 때부터 느낀 도진에 대한 알 수 없는 반감을 수년이 흐른 뒤인 오늘도 여전히 동일하게 느끼며 퉁명스러운 어조로 말했다. "그동안 잘 지냈어?"

"뭐 나야 똑같이 지냈지. 일하면서. 도진이는 글 쓰면서 지냈을 테고." 명우가 웃으면서 그렇게 답하자 도진이 말했다.

"너는 그동안 잘 지냈어?"

차가운 듯하면서도 호기심이 묻어 있는 도진의 물음에 미묘한 불쾌감을 느낀 무신이 답했다.

"잘 지냈지. 아주 잘."

무신과 도진 사이의 다소 비우호적인 분위기를 감지한 명우가 살짝 목소리를 높이며 말했다.

"그런 얘기들은 저녁 먹으면서 천천히 하자고! 근처에 식당 예약해 놨어. 일단 밖으로 나가자."

그들은 백화점 밖으로 나와 길 건너 상가 이 층에 위치한 일식집으로 갔다. 검정색과 갈색, 베이지색을 주로 사용한 모던한 인테리어에 화사하고 고급스러운 조명으로 빛나는 음식점으로 들어서며 무신은 오랜만에 주어진 그런 곳에서의 식사에 가벼운 흥분을 느꼈다. 그러나 동시에 그런 기쁨을 느낀 것에 대한 반발감 또한 느꼈다. 그래서 그는 일부러 무덤덤한 표정을 지으며 말없이 친구 뒤를 따라 예약된 룸으로 들어갔다.

　그들이 앉은 테이블 위로 디너코스의 시작을 알리는 샐러드와 죽이 나왔고 이어서 해파리 초무침과 연두부 튀김이 등장했다. 음식 맛은 깔끔했다.

　"지금은 어디서 지내고 있어?" 명우가 무신을 바라보며 물었다.

　"아직도 그때 그곳에서 지내고 있어."

　"그때 그곳?" 도진이 물었다.

　"영등포 고시원." 무신이 퉁명스런 어조로 대꾸했다.

　"아⋯." 도진이 괜한 걸 물어봤네, 하는 듯한 무신에겐 묘하게 모욕적으로 느껴지는 동정의 빛을 띠며 짧게 말했다. 그런 도진에게 강한 반감을 느낀 무신이 거칠게 말했다.

"거지 같은 곳이지."

그 말에 도진이 엷게 웃었다.

"지금은 일도 그만두고 이런저런 생각을 하는 시간을 갖고 있어. 아주 심플하게 말하자면 이 세상 계속 살아야 하나 같은 주제로 말이야."

"무슨 소리하는 거야. '계속 살아야 하나'라니?" 명우가 애써 어색한 웃음을 지으며 말했다.

"말 그대로 계속 살아야 하나 고민하고 있다고."

"뭐야, 그럼 죽기라도 하겠다는 거야?"

"고민의 결론이 그거라면 그럴 수도."

그들 사이에 잠깐의 침묵이 찾아들었다. 곧 명우가 다시 말을 꺼냈다.

"네가 요즘 많이 힘들어서 그런 생각까지 하게 된 거 같은데, 상황이란 건 말이야…"

그 순간 도진이 명우의 말을 자르며 물었다.

"어떤 상황인데?"

무신이 그 물음에 대답할 생각은 않고 연두부 튀김만 먹고 있자 명우가 나서서 지난 수년간 무신이 걸었던 고난의 행로에 대해 이야기했다. 이야기 도중 생선회가 나왔고 무신은 명우가 자신이 아는 한에서 요약해 들려주는 그 이야기를 들으며 연두부 대신 생선회만 씹었다. 이야기를 다 들은 도진이 가만히 고개를 끄덕이더니 말했다.

"충분히 그런 생각을 할 만한 상황이네."

"아니지. 그래도 지금껏 떳떳한 방식으로 잘 버텨 왔는데 조금 더 가봐야지. 상황이란 건 얼마든지 바뀔 수 있는 거니까." 명우가 동의할 수 없다는 어조로 말했다.

"떳떳한 방식?" 도진이 물었다.

"그래. 떳떳한 방식. 무신이 같은 상황에 처한 애들이 얼마나 많이 인생 막 살게 되는지 알잖아. 다단계에 빠지기도 하고 술이나 도박, 다른 안 좋은 길로 가는 경우도 많고. 근데 무신이는 비록 힘든 일이지만 직접 노동해서 정직하게 살아왔잖아. 나는 그게 절대 쉬운 거라고 생각 안 해. 그런 면에서 무신이는 정말 대단하다고 생각하고."

명우의 말은 무신에게 분명 위안이 되는 말이었다. 그는 자신을 그렇게 생각해 주는 친구가 고마웠다. 그러나 이상하게도 동시에 이런 생각이 올라왔다.

'그래, 네가 나를 그렇게 생각해 주는 건 고맙다. 근데 과연 다른 사람들도 그렇게 생각해 줄까? 내가 서른 넘어 치킨집 아르바이트나 하며 살아가는 것을 과연 그렇게 긍정적인 눈으로 바라봐 주겠느냔 말이다.'

그런 생각이 들자 갑자기 화가 났다.

"대단하긴 뭐가 대단해? 끔찍하게 싫은데 살기 위해서, 어쩔 수 없이 먹고살기 위해 하는 일들이 뭐가 그렇게 대단하냐고!"

"아니, 내 말은 그런 뜻이 아니라 네가 힘든 상황에서도…"

명우의 말을 끊으며 무신이 외쳤다.

"힘든 상황, 힘든 상황 하지 마. 네가 내 상황을 다 알아? 알지도 못하면서 그렇게 모든 걸 다 이해하고 있는 것처럼 얘기하지 말라고!"

무신의 과민반응에 명우는 당황한 듯했다.

"그래. 내가 네 상황에 대해 너무 쉽게 말한다고 느꼈다면 사과할게. 근데 그게 그렇게 화낼 일은 아니잖아. 짜증 나는 일 있으면 마음 풀고 음식 먹으면서 천천히 이야기하자고."

본의 아니게 오랜만에 만난 친구에게 언성을 높인 것이 무안해진 무신이 다소 가라앉은 목소리로 말했다.

"물론 네 마음은 알아. 근데 내 상황이 네가 알고 있는 것보다 더 짜증 나는 상황이고, 그런 상황을 이 자리에서 구구절절 얘기할 수도 없고, 또 그런 상황에서 답답하게 지내다 보니까 나도 모르게 너한테 목소리를 높이게 된 건데… 그건 나도 미안하게 생각하고…."

무신이 자신의 두서없는 말을 어떻게 이어 가야 할지 잠깐 머뭇거리는 순간 명우가 말했다.

"그래, 알아. 무슨 말인지. 일단 먹어. 먹고 천천히 얘기하자."

새삼스레 목이 타오는 걸 느낀 무신이 옆에 있던 물잔을 집어들었다.

13.

어색해진 분위기를 바꾸려는 듯 명우가 밝은 목소리

로 도진에게 물었다.

"근데 요즘은 무슨 소설 쓰고 있어?"

도진이 무표정한 얼굴로 대답했다.

"뭐 재밌는 걸 하나 계획 중인데…."

"재밌는 거?" 명우가 궁금하다는 얼굴로 물었다.

"한국판 캉디드를 써볼까 생각 중이야."

"캉디드? 볼테르?"

"어." 그렇게 짧게 답하곤 심드렁한 표정으로 한동
안 말이 없던 도진이 갑자기 그 주제와 관련해 하고 싶
은 얘기가 떠오른 듯 빠른 어조로 말을 이어 가기 시작
했다.

"물론 나의 캉디드는 사실주의 소설이 될 거야. 이
난장판인 21세기 대한민국을 흥미롭게 그려 보이는 거
지. 정치, 경제, 종교, 스포츠, 예술. 예술 중에서도 문
학!"

"재밌을 거 같은데." 명우가 흥미를 느끼는 얼굴로
말했다.

"우리나라 문학계의 표절 사태를 봐. 이 나라 문학계
가 얼마나 썩었는지 적나라하게 보여 주는 사건을. 나

86

의 캉디드도 이 분야에 발을 담갔다 그곳이 얼마나 구린내 나는지를 알게 되고 뛰쳐나오게 되지. 그리고 정치판이든 종교계든 또 다른 분야로 가는 거야. 물론 거기 역시 구역질 나는 악취가 진동하고 있지. 그는 21세기의 팡글로스라 할 수 있는 '자기계발서'의 주문으로 이 부조리에 대응하려고 노력하지만 그럴수록 환멸을 느끼고 그 과정에서 진실에 다가가게 되지. 그러는 중에 리스본 대지진처럼 한국경제의 붕괴가 발생해! 이 대사건 속에서 우리 주인공의 운명은 어떻게 될까?"

무신은 신나게 떠들어 대는 도진의 가는 목소리를 들으며 뭐하러 저 따위 녀석을 데리고 와서 이런 쓸데없는 이야기를 듣게 만드느냐는 시선을 명우에게 보냈다. 그러나 명우는 무신의 눈초리에 아랑곳하지 않고 도진에게 새로운 질문을 던졌다.

"꽤 좋은 소설이 나올 것 같은데! 근데 네가 속해 있는 문학계를 정면으로 비판하는 소설을 쓰면 불이익을 당할 수도 있는 거 아냐?"

"상관없어. 어차피 내 캉디드는 현재 문학계의 주류 출판사에선 출간될 수 없을 거야. 새로운 편과 손잡을 생각이야. 생긴 지 이 년밖에 안됐지만 꽤 성공적인 책을 두세 권 출간한 곳이지. 이 책은 이런 곳에서 나와야 해. 역량 안 되는 작가에게 아부 떠는 비평가란 이름의 아첨꾼들에게 둘러싸여 마케팅을 통한 자본 논리로 문학을 부패하게 만든 세력과는 결별해야지. 그런 세력과 결별한 채로 출간되는 것 자체가 이 책이 전달하고자 하는 메시지를 표출하는 하나의 방법이니까."

그 말을 듣고 있던 무신이 불쑥 대화에 끼어들었다.

"네가 그런 말을 할 수 있는 건 어쨌든 너도 기존의 주류 문단에서 어느 정도 알려진 작가이기 때문이야. 만약 네가 아직 전혀 이름을 알리지 못한 신인이었다면 아무리 모험적인 출판사라 해도 쉽게 네 책을 내려고 하겠어? 그러니까 기존 체제에 대한 비판 자체도 그런 비판을 할 수 있는, 비판을 했을 때 남들이 들어 줄 위치에 올라선 다음에야 할 수 있는 거라고."

난데없는 무신의 말에 도진은 의미를 알 수 없는 웃음을 짓더니 말했다.

"이 지점에서 왜 그 얘기가 나왔는지는 잘 모르겠지만, 뭐 네 말이 틀린 것 같지는 않네. 네 말처럼 이런 전복을 꾀할 수 있는 것도 어쩌면 기존의 출판 권력 안에서 일정 부분 목소리를 낼 수 있는 공간을 확보했기 때문인지 모르지. 하지만 기존 권력에 붙어 떨어지는 콩고물을 먹는 세력들이 대부분 그 체제의 전복에 적극 동참하지는 않는다는 것 또한 기억해 주길."

그 말을 하는 도진의 얼굴을 보며 무신은 그가 자신이 발끈한 이유인 '네가 그런 불평을 해댈 수 있는 건 그래도 어느 정도 성공했기 때문이다. 나는 그것도 없기에 이렇게 분노를 속으로만 삭이고 있지 않은가' 하는 자신의 초라한 처지와 그로 인한 복잡한 심리를 읽은 것은 아닐까 생각했다. 그런 생각을 이어 가고 있는데 도진이 말했다.

"근데 오늘 만남으로 괜찮은 이야기 소재를 얻게 된 것 같은데. 무신이가 지난 몇 년 동안 겪은 일들 말이야. 그걸 내 캉디드에 반영해 보는 것도 재밌을 것 같아. 그래도 괜찮을까?"

진지한 청탁과 미묘한 조롱이 뒤섞인 요청에 무신이 대답했다.

"좋을 대로. 내 상황이 반영된 소설이 하나쯤 있어도

나쁠 건 없을 테니까."

그러는 사이 해물모둠을 거쳐 후식으로 매실차와 과일이 나왔다. 명우는 매실차를 한 모금 마신 다음 천천히 잔을 내려놓고 말했다.

"근데 무신아. 아까 네가 얘기했던 거, 물론 네가 진짜로 그러겠다는 뜻으로 한 말은 아니겠지만, 나는 네가 조금 생각을 다르게 했으면 좋겠어. 그러니까…"

"그러니까 어떻게 다르게?" 무신이 명우의 말을 끊으며 물었다.

"지금 네가 처한 상황을 너무 좁은 시야로 보지 말고 더 크고 긴 안목에서 보았으면 좋겠어."

"그게 무슨 말이야?"

"인생이란 우리 안목으로 다 볼 수 있는 게 아니라는 걸 인정했으면 좋겠다는 거지. 사실 우리가 보는 건 한계가 있거든. 나름대로 현 상황을 제대로 파악하고 있다고 생각하지만 우리가 전혀 예상치 못한 데서 상황이 확 바뀌곤 하잖아. 좀더 높은 곳에서 좀더 멀리 바라봐. 우리 집에서 도서관 가는 길에 육교가 하나 있어. 나는 항상 그 육교를 이용하는데 거기 올라가서 아래를 내려다보면 밑으로 지나다니는 차들, 자전거들, 사람들, 멀리 보이는 집들, 세상이 굉장히 작아 보여. 작아 보인다고. 뭐라고 해야 하나, 마음의 여유가, 담대함이 생긴다고나 할까? 내가 큰 문제라고 생각하는 것도 위에서 내려다보면 아주 작은 걸 수도 있겠구나, 이런 생각이 들지."

그 말에 도진이 냉소적인 어조로 말했다.

"그런 생각 대신 밑으로 뛰어내리고 싶단 생각이 든다면?"

명우는 그 말을 무시하며 계속 말했다.

"그 육교를 지나 집으로 돌아오는 길목에 놀이터가 하나 있어. 주말 오후엔 거의 항상 대여섯 살쯤 된 아이들과 엄마들이 나와 있는데 모래사장 위에서 뛰어놀고 있는 꼬마들을 보면 이런 생각이 들어. 저 아이들이 자라나는 게, 살아가는 게 과연 저 아이들 자신이나 그 부모의 능력으로 가능한 것일까? 그게 정말 인간의 힘만으로 가능한 것일까 하는 생각. 그럴 때면 이런 성경 구절이 떠오르지. 공중의 새를 보아라, 들의 백합화를 보아라. 수고도 아니하고 길쌈도 아니하나 하나님께서 먹이시고 입히신다. 그 순간에는, 아이들의 천진한 웃음소리가 울려 퍼지고 인간의 이성으론 결코 완전하게 이해할 수 없는 생명력 가득한 그 순간에는 이 구절이 아주 분명하게 이해가 되는 것같이 느껴지지. 그러니까 내가 하고 싶은 말은 이거야. 믿음을 가져. 인생이란 온전히 내 힘으로 살아가는 게 아니야. 내 눈에 어떻게 보이든 인생이란 내 손안에 있는 게 아니라고."

무신이 거칠게 명우의 말을 끊으며 외쳤다.

"나는 더 이상 신을 믿지 않아. 그러니까 네가 하는 얘기는 다 헛소리로 들린다고. 공중의 새를 보라고? 들판의 백합을 보라고? 보면 이런 생각이 들지. 저 새 떼들은 겨울이 오면 얼마나 추울까, 저 꽃들은 조만간 다 말라비틀어지겠지. 돌봐 주는 사람 하나 없이."

그 말에 명우가 슬픈 얼굴로 말했다.

"내가 가장 안타깝게 생각하는 게 그거야. 네가 신앙을 버린 거. 난 네가 다시 신앙으로 돌아오면 좋겠어. 다시 믿음을 회복하면 좋겠다고. 바로 거기에만 상황을, 문제를 뛰어넘을 수 있는 힘이 있으니까."

"그 얘기는 이제 그만하자."

그 주제로 더 이상 이야기하길 원치 않는 무신의 얼굴을 바라보던 명우가 알겠다는 듯 가벼운 한숨을 내쉬었다. 조용히 대화를 듣고 있던 도진이 입을 열었다.

"무신이가 했던 고민은 인생을 진지하게 성찰해 본 이라면 누구나 한번쯤 마주치게 되는 주제라고 할 수 있지. 자살 말이야."

거기까지 말한 도진은 말을 멈추곤 물잔을 손가락 끝으로 톡톡 치며 이야기가 계속되기를 바라는 두 사람의 심리를 자극하듯 엷게 웃었다. 그 공백을 더 이상 참지 못한 무신이 "근데 뭐?" 하고 한마디 꺼내려는 찰나 도진이 다시 입을 열었다.

"어떤 의미에서 자살이란 인간이 지닌 권리라고도 할 수 있지. 거기에는 한 개인이 저항하기 힘든 시대적 경향성이라는 것도 작용하고."

"경향성? 그게 무슨 말이야?" 무신이 물었다.

"이를테면 이런 거야. 19세기 말 오스트리아-헝가리 제국에서 대대적인 자살 열풍이 불었거든. 황태자 루돌프의 자살이나 소설가 아달베르트 슈티프터, 극작가 페르디난트 라이문트, 철학자 오토 바이닝거의 자살 같은. 그 죽음들은 그들이 알았든 알지 못했든 코앞까지 다가온 그들의 조국 오스트리아-헝가리 제국의 멸망, 한 시대의 종식, 한 시대를 지탱하던 가치관의 붕괴, 굳건할 것 같던 공동체와 무수한 개인들의 최후에 대한 예감에서 일어난 죽음이라는 거지. 히틀러의 러시아 침공 실패 후 제3제국의 파멸을 향한 자발적인 한 걸음 한 걸음은 또 어떻고? 어떤 의미에선 독일의 민족적 자살기도라 불러도 좋을 그 파국, 거대한 스케일을 자랑하는 비극적 드라마의 공연! 신들의 황혼 말이야! 토마스 만이 누군가에게 보낸 편지에서 썼듯이 히틀러에게는 예술가적 기질이 있어. 멸망의 불구덩이에서 절정에 달하는 파국의 아름다움!"

그렇게 말하는 도진의 얼굴은 뭔가에 도취된 것처럼 상기되어 있었다. 그는 빠르게 말을 이었다.

"그런데 현재 한국사회 또한 일종의 이와 같은 한 시대의, 한 체제의 종말에 대한 예감에서 수많은 개인들의 자살이 감행되어지는 건 아닐까 하는 생각이 든단 말이야. 부동산 폭락과 가계부채의 폭발로 인한 한국경제의 붕괴든, 이십 년쯤 뒤면 명확하게 모습을 드러낼 세계 최고 노인국가 대한민국으로의 변화에 대한 회색빛 우울이든, 한국의 미래는 극히 어둡다고 할 수 있지. 이미 천백 조를 넘어선 가계부채가 도화선이 되어 대공황을 방불케 하는 한국경제 전체의 스톱 현상이 벌어진다면 우리 세대가 일찍이 겪어 보지 못한 빈곤의 시대가 열리게 될 거야. 생각해 봐. 오천만 인구 중 천칠백만을 차지하게 될 노인 인구의 물결을. 그리 머지않은 시일에 한국의 연금제도, 의료보장제도는 붕괴될 거고 사회적 활력은 상실될 거야. 이 모든 파국에 대한 공포감을 한국사회 전체가, 그리고 이 사회를 구성하는 개개인이 뚜렷하게 인식하고 있지는 못하지만 어렴풋이 예감하고는 있단 말이지. 우리 모두의 종말을 말이야. 자칭 전문가라는 이들은 이야기하지. 가계부채는 아직 관리 가능한 수준이고 저출산, 노령화 같은 문제도 정책적 개입으로 부분적으론 극복될 수 있을 거라고 말이야. 과연 그럴까? 부채 문제든 인구학적 문제든 결국은 돈과 관련된 거야. 아이를 낳아 기르는 데 감당할 수 없는 돈이 드니까, 엄청나게 증가하는 노인 인구를 부양할 수 있는 국가적 재원이 없으니까 빚이 눈덩이처럼 쌓여 가게 되는 거거든.

그렇다면 해결책이 아주 없나? 글쎄, 방법이 아주 없는 것은 아니지. 구약성경 레위기에 보면 희년(禧年)이라는 제도가 나와. 명우 너는 알겠지? 칠 년마다 돌아오는 안식년이 일곱 번째 됐을 때, 즉 매 오십 년마다 모든 유대민족 개개인이 짊어진 부채를 탕감해 주는 제도. 해방과 기쁨의 해! 이건 분명 실로 경이적인 방법이야. 다른 어디서도 들어 본 적 없는 유대민족만의 독창적이고, 신적인, 그래 맞아! 이건 실로 '신적인' 해결 방법이야. 절대적인 권위를 지닌 신의 명령, 너희는 매 오십 년마다 너희 사이의 모든 경제적 억압을 내려놓을지니라! 그러나 현대인은 물론이고 고대 유대인들에게조차 그 일은 수행 불가능했지. 어떻게 그게 가능하겠어? 돈을 빌려준 자에게는, 내가 빌려준 돈과 그에 따른 이익을 포기하라는 말인데. 모든 개인의 부채가 탕감되려면 그 부채를 빌려준 채권자, 다른 말로 은행계좌에 많은 돈을 입금한 사람들의 현금이 그 대가로 지불되어야 함을 의미하는데 과연 자산을 보유한 자들이 그 일을 받아들이려 할까? 그럴 수 없지. 인류 역사가 그것을 증명해. 그렇기에 이 신적 아이디어는 한 번도 제대로 시행되지 못했어. 결국, 파멸을 통한 정화만이 인류를 재생시킬 수 있는 것이 분명해. 한국의 상황으로 말하자면 가계부채의 폭발로 인한 원화의 붕괴, 한국경제의 박살, 베르사유조약 이후 독일에서 나타난 하이퍼 인플레이션 같은 양상으로 인한 은행통장에 찍힌 숫자의 의미 상실, 이 모든 경제적 폭풍으로 인한 채무와 채권 자체의 말소, 현 체제의 전적인 종말, 다른 말로 '죽음' 뒤에만 재생이 있을 수 있는 거라고. 물론 그것은 수많은 개인들의 인생의 파국을 의미하게 될 거야. 불행과 분노와 우울과 자살이 들불처럼 번지겠지. 안타까운 일이야. 그러나 현재의 부조리를 종식시킬 수 있는 길이라면, 그것은 필요하고 더 나아가 아름다운 일이지. 그래, 맞아. 정말로 그래…"

도진의 말을 끊으며 명우가 말했다.

"네 이론은 어딘지 아주 어두운 구석이 있어. 그러니까 말하자면… 무신론에서 나온 철학이야. 네 이론은 파멸을 긍정하고 있어. 그것에 숙명적이고 비장한 아름다움을 부여하면서. 그러나 그것의 실체는 허무에 대한 긍정일 뿐이야. 난 그 이론에 절대 동의할 수 없어."

도진이 웃으며 말했다.

"흥미로운 반론이군. 맞아. 난 신을 믿지 않아. 왜? 존재하지 않으니까. 한때는 믿었지. 아직 세상을 잘 알지 못했을 때. 그러나 지금은 아니야. 종교란 삶을 직시할 수 없도록 하는 마취제이기 때문이야. 그 마취제에 빠져 인생이 요구하는 갖가지 상황에 당당히 맞서기보단 가상의 존재로부터 심리적 위안을 찾는 어리석은 일은 세상을 확고하고 명석한 눈으로 바라보는 냉철한 인문주의자에게는 어울리지 않아."

명우가 반박했다.

"명석하고 냉철한 인문주의자가 주장하는 인본주의적 무신론이 과연 그렇게 확고한 기반 위에 서 있는 것일까? 결코 그렇지 않아. 신의 존재가 과학적으로 증명될 수 없는 만큼, 꼭 그만큼 신의 부재 또한 과학적으로 증명될 수 없어. 말하자면 과학적 진실에 대한 수용의 문제라기보다 믿음에 관한 문제라는 얘기야. 유물론, 무신론은 삶을 바라보는 입장이자 일종의 '믿음'이야. 나를 내려다보는 어떤 존재의 간섭에서 벗어나 제멋대로 살고 싶어 하는 자에게 그의 독립선언을 이론적으로 지지해 주는 철학이자 그 철학에 동의함으로써 일종의 심리적 편안함을 얻게 되는 장치이지. 그것은 매력적인 사상이야. 원래 유혹은 매력적인 법이니까. 사실이냐 아니냐가 중요한 게 아니야. 그것이 매력적이니까 '믿기'로 작정하는 거라고. 물론 무신론을 철저하게 고수하는 이는 별로 없지. 적지 않은 무신론자들이 암묵적으로, 때로는 공공연히 '영혼'의 존재나 '내세'의 실제에 대해서 긍정하니까. 그와는 별개로, 무신론적 삶의 방식이 이 땅에서 쾌락의 열매를 따 먹는 데 유리하기 때문에 그런 입장을 고수하는 거야. 바꿔 말하자면 기독교적 신앙의 길을 걷는 것이 결코 '쉬운' 일이 아님을 반증하는 것이라고 할 수 있겠지. 그러나 직관으로든 체험으로든 무신론적인 삶의 방식이 맞이하게 할 궁극적인 허무를 눈치챈 사람은 진리 앞에 무릎 꿇을 수밖에 없을 거야."

도진이 냉소적인 미소를 띠며 말했다.

"그렇다면 신앙을 갖는 것 또한 하나의 입장일 뿐이라고 말하고 싶군. 신앙이 제시하는 삶의 양태가 보다 자신의 취향에 부합하기에 선택한 것에 불과하다는 말이지. 우리 중 누군가는 금욕적이고 타자에게 복종하고 싶어 하는 욕구를 지니고 있기도 하니까. 아니지, 한국 기독교인들을 봐. 성적으로 타락한 목사들, 돈에 환장하는 기독교 경제인, 정치인들. 그들에게 신앙이란 일종의 면죄부 같은 거 아닐까? 고상한 체하면서 이권을 챙길 수 있게 해주는, 죄를 짓고도 회개 기도 한번 하면 쉽게 용서받을 수 있다는 심리적 안정감을 제공하는 일종의 멘탈 서비스."

명우가 흥분한 얼굴로 외쳤다.

"그런 사람들과 그리스도는 무관해! 그리스도의 이름으로 자기 배만 불리는 가짜들 때문에 신앙을 떠나는 것은 어리석은 일이야."

명우의 말에 도진은 웃음기를 지우며 차가운 얼굴로 말했다.

"나는 그런 사람들 때문에 신앙을 떠난 게 아니야. 그들의 죄악을 허용하고 방관한 신에 대한 분노 때문에 떠난 거지."

도진의 그 말과 함께 마치 연극의 제1막이 끝나고

정적이 찾아오듯 그들 세 사람에게 깊은 침묵이 찾아들었다.

14.

침묵을 깨뜨린 건 명우에게 걸려온 전화였다.

"어, 현주야. 통화 괜찮아. 한 삼십 분 정도? 알았어. 그럼 내가 그리로 갈게. 그래. 조금 있다 봐."

현주는 명우가 삼 년째 교제 중인 여자친구였다. 주중엔 좀처럼 만나기 힘든 남자친구의 얼굴을 보기 위해 걸려 온 전화가 분명하리라 생각하며 무신은 명우의 말을 듣고 있었다. 통화를 마친 명우에게 도진이 물었다.

"여자친구?"

"어."

"우리가 널 빨리 놔줘야 하는 거 아냐?"

"아니, 아직 좀 시간 있어."

"다행이네." 그렇게 말하며 도진은 싱긋 웃었다.

"그럼 시간도 얼마 없으니 이쯤에서 우리의 흥미로

운 주제를 한번 다루어 볼까? 역사를 통틀어 가장 유명한 자살자 중 한 사람인 가룟 유다 말이야. 내가 보기엔 가룟 유다만큼 많은 이에게 왜곡된 평가를 받는 인물도 드문 거 같은데….”

"왜곡된 평가? 뭐가 왜곡됐다는 말이야?” 명우가 말했다.

"인간이란 동물은 어떤 하나의 특정한 이데올로기에 사로잡히면 모든 것을 그 프레임으로 해석하게 되지. 종교란 이데올로기 중에서도 가장 강력한 것이고. 기독교 이천 년의 역사 동안 가룟 유다라는 인물은 기독교 이데올로그들로부터 일종의 공식적이고 확고한 판결을 받았어. 아주 부정적인 인간의 대명사로 말이야. 기독교 신앙을 가진 개인들은 그 판결을 수용해야 했고 나아가 강하게 내면화시켜야 했어. 천 년 이상의 세월 동안. 계몽주의 시대 이후 신앙에 회의적인 입장을 취했던 이들조차 그들의 선조가 기나긴 역사 내내 켜켜이 쌓아 왔던 관념을 쉽게 내던질 수는 없었지. 그게 가룟 유다라는 인물을 재해석해야 하는 이유야. 이제는 시대가 변했어. 문명과 과학의 거스를 수 없는 진

보의 흐름을 거친 21세기 인류는 보다 객관적이고 상대주의적인 입장에서 영원히 저주받은 이름을 살펴볼 수 있는 힘을 갖게 되었단 말이야."

"그래서 그 결과가 뭔데?"

"유다야말로 현대인의 전형이라 불릴 만한 자격이 있는 사나이라는 것이지."

"현대인의 전형?"

"그래. 현대인의 전형. 그것도 이상적인 현대인의 전형. 우리 현대인은, 그중에서도 올바로 사고할 수 있는 지성적인 현대인은 현실을 직시하고 현실 속에서 최선의 결과를 얻을 선택을 내리기 위해 노력하지. 그리고 그 노력의 결과를 당당하게 받아들이고. 실패라고 할지라도 말이야. 숨지 않고 그 결과를 받아들인다고."

"현실에 대해 숨지 않고 당당했던 결과가 자살이라는 거야?" 명우가 비난과 조롱 섞인 어조로 말했다.

"종교의 시대, 이데올로기의 시대, 그리고 오늘날 도래한 돈의 시대 모두에서 이성과 용기를 바탕으로 자신의 삶을 주체적으로 살아간 소수의 사람을 제외한 대다수의 인간은 항상 거대한 우산 밑에 숨었지. 종교라는 위안을 주는 거대한 우산, 이데올로기라는 다수가 쫓는 대세에 영합하는 편안함의 우산, 그리고 마침내 다다른 맘몬의 우산, 안락과 위안, 쾌락과 안전 등 모든 것을 제공해 줄 수 있다고 노래하는 돈의 우산 아래로 말이야. 그 우산 아래로 들어가면 노예들이 얻을 수 있는 빵과 안전과 나름의 만족이 있지. 생각해 봐. 중세시대 로마교회 안에 있을 때 제공받게 되는 편안함을. 세례, 견진성사, 혼인성사, 종부성사. 나면서부터 자라나 결혼해 죽을 때까지 교회의 안내를 받아 돌아가는 '요람에서 무덤까지'의 편안한 삶을. 거기다 간헐적으로 이용할 수 있는 심리적 위안책, 고해성사까지. 이런 우산 아래 선 연약한 개인이 과연 굳건하고 독립적인 자아를 발전시킬 수 있을까? 이데올로기의 시대였던 20세기는 또 어떻고? 나치즘이 발호했던 1930년대 독일에서 그 광풍에 몸을 내맡기지 않는다는 것이 얼마나 큰 용기를 필요로 하는 일인지 알지? 스탈린의 소련에서는? 매카시의 미국에서는? 개인의 주체성과 독립성을 철저히 꺾어야만 생존할 수 있는 그 시대에서 용감하게 흐름을 거스른 이들이 바로 발터 벤야민, 알렉산드르 솔제니친, 아서 밀러야. 돈의 시대인 오늘날에도 주체적이고 독립적인 인격은 여전히 수많은 유혹과 투쟁해야만 하지. 고액 연봉과 성과급, 프티 부르주아적인 삶과 말이야."

"유다에 대해 네가 말하는 새로운 관점, 가치부여는 전혀 설득력이 없어!" 명우가 큰소리로 외쳤다. "도대체 어떤 면에서 가룟 유다가 솔제니친과 연결될 수 있다는 거야?"

"타율적인 삶 대신 자신의 자유의지에 의해 선택한 길을 흔들리지 않고 끝까지 걸어 나간 것, 또 그 대가를 당당하게 치른 것. 비굴한 망설임 없이 말이야. 이것이야말로 이상적인 현대인들에게 요구되는 자질이지. 왜냐하면 그러기에는 현대인들이 이전 시대 그들을 속박하고 있던 종교와 이데올로기로부터 상당 부분 자유로워졌음에도 여전히 너무도 나약하기 때문이지."

"내가 보기에 너는…" 명우가 답답함과 슬픔이 드리운 얼굴로 중얼거렸다. "너는 신앙에 대해 잘못 바라보고 있어. 신앙이란 외부의 힘에 대한 맹목적인 굴종이나 개인의 주체성 상실을 의미하지 않아. 그것은 오히려 신과 함께 추는 개성 넘치는 춤, 말하자면 진정으로 주체적인 삶이야. 그러면 네가 말한 신으로부터 독립한 강한 인격의 주체적 삶이란 뭐냐? 아주 간단해. 바벨탑을 쌓자는 거지. 우리의 이름을 내자! 인류사에 획을 긋는 성취를 이뤄 이름을 떨치자! 타락한 인류의 본성적인 욕구. 그러나 너도 어렴풋이 짐작했듯이 그 끝은 실패와 공허야. 왜? 하늘에 닿는 탑은 애당초 쌓을 수 없으니까. 신을 떠난 인간은 필연적으로 공허할 수밖에 없어. 가룟 유다의 자살은 그 말로를 보여 주는 대표적인 사례일 뿐이야."

도진은 그 말에 동의할 수 없다는 표정을 지으며 차분한 어조로 말했다.

"가룟 유다가 느꼈을 고뇌에 대해서 생각해 봤어?"

명우가 아무런 대답도 하지 않자 도진은 계속해서 말했다.

"그는 자신의 스승이 진짜로 메시아인지를 알아야만 했어. 그리고 그 가장 확실한 방법은 그를 극도의 위기 상황, 이를테면 유대와 로마의 권력층에 의해 제거되는 상황으로 몰아넣는 것이었지. 그 상황은 아주 자연스럽게 그의 메시아성을 드러내 줄 거라고 유다는 믿었어. 그리고 그런 판단에 근거해 예수를 유대인들에게 팔아넘긴 거지. 물론 두말할 필요 없이 비열한 짓이었지만. 그치만 우리는 그 비열함에도 그 일을 통해 그가 보길 원했던 것에 주목해야 해. 바로 거기에서 유다의 본질이 드러나니까 말이야."

명우가 도진의 이야기를 끊으며 말했다.

"네 말대로 가룟 유다가 예수의 메시아성을 보기 위해 배신했다고 쳐. 그럼 중요한 건 그는 끝까지 그것을 보기 위해 기다려야 했어. 예수는 분명 자기가 죽은 뒤 삼 일 만에 부활할 거라고 말했으니까. 그런데 유다는 그 말을 잊었어. 아니, 믿지 않았어. 그게 그의 실패의 핵심 원인이야. 유다와 다를 바 없이 예수를 배신했던, 모른다고 했고 나중에는 저주까지 했던 베드로가 훗날 기독교의 위대한 사도가 된 것은 어쨌든 그가 죽지 않고 살아 있었기 때문이야. 그 말은 유다의 자살이 그가 조금만 더 버티며 살아 있었으면 보았을, 일어났을 모든 일의 실현을 막았다는 뜻이지."

도진이 눈에 띄지 않을 만큼 냉소적인 웃음을 지으

며 말했다.

"가룟 유다의 죽음에 대한 관점은 다를 수도 있지. 그는 자신의 잘못에 대해 구차하게 변명하지 않았어. 남자답게 죽음으로 그에 대한 속죄를 했지. 그것은 그의 방식이었고 그것으로 나름의 대가를 치른 거야. 그를 비난하는 것이 과연 정당한 일일까? 명우 네 말처럼 유다는 예수의 부활에 대한 말을 믿지 않았어. 사실 나를 비롯한 다수의 현대인은 부활을 믿지 않지. 믿지 않는데 어떻게 버티며 살아 있을 수 있지? 믿지 않는데 말이야."

"적어도 그 말은 맞네. 믿지 않는데 어떻게 버틸 수 있냐는 말 말이야. 난 현대적 자살의 원인은 인간이 신에 대한 믿음을 버렸기 때문이라고 생각해. 그 믿음을 잃어버렸다면 삶이 행복보다 고통으로 다가올 때, 그리고 향후에도 그렇게 진행될 거라고 예측될 때 삶을 지속해야 할 이유가 없겠지."

"확고한 이성에 기반한 진정한 현실주의자는 안이한 낙관주의와 용기 없는 굴종 대신 당당한 스러짐을 택하지."

그렇게 말하곤 가볍게 숨을 내쉰 도진이 계속해서 이야기했다.

"우리 시대의 모든 과학적 진보는 진실을 우리에게 보여 주고 있어. 물리학과 진화생물학 연구 결과들이 제시하는 결론을 외면하는 것은 어려운 일이지. 아니, 굳이 호킹이나 도킨스, 히친스 같은 이들을 끌어들일 필요도 없이 이 부조리한 세상을 봐. 썩어 문드러져 파국을 향해 질주하는 세상을 보라고. 이것이 신의 창조물이라면, 그 신이 선한 존재라면 왜 세상을 이 상태로 놔두는 거지? 그는 할 수 있잖아. 이 모든 악을 쓸어버릴 수 있잖아. 그런데 왜 그는 가만히 있지? 아니지. 그게 아니야. 이렇게 물어야 해. 그는 왜 이다지도 잔인하지?"

거기까지 말한 도진은 말을 멈추더니 돌연 무신의 얼굴을 바라보았다. 그 시선에는 동의를 구하는 기색과 조롱하는 듯한 기운 또한 어려 있었다. 천천히 시선을 명우 쪽으로 돌린 그가 외쳤다.

"무신이를 봐. 왜 얘의 인생은 이렇게 험난하지? 왜 다른 누구는 부모 잘 만나 편안하게 사는데 또 다른 누구는 자신의 잘못도 아닌 주변 사람들의 실수와 실패로 인생이 무너져야 하지? 왜 이런 부조리한 일들이 계속 심화되는 거지? 그 모든 것을 허용한 신의 뜻은 무엇이지?"

그렇게 말하는 도진의 하얀 얼굴이 증오에서인지 즐거움에서인지 아니면 그 둘 다 때문인지 알 수 없는 흥분으로 가볍게 떨렸다.

"만약 신이 있다면, 그는 우주적 사디스트일 거야. 자신의 창조물이 신음하는 것을 보며 즐기는. 물론 그것 자체가 허튼소리지만. 아쉽지만 신이란 없어. 물리학 법칙이 지배하는 세계에서 종족의 행복과 번영을 위해 노력해야 할 우리 모두가 있을 뿐이지. 그 목표를 위한 확고한 태도와 강한 추진력, 목표의 실현에 실패했을 때 그것을 인정하고 당당하게 받아들이는 용기가 필요할 뿐이야."

"인간을 위한 행복과 번영의 왕국을 건설하는 것이 우리의 유일한 목적이다? 그렇다면 이 지상에 행복의 왕국을 건설하는 것이 불가능해진다면? 그 모든 노력이 실패로 판명된다면? 네 주장은 그 실현이 불가능한 것으로 확실해졌을 때는 국가 시스템이든 개인의 존재든 실패를 받아들이고 붕괴되는 것이 맞다는 얘기밖에는 안 돼! 그것은 결코 완전하고 최종적인 해결책이 될 수 없어."

"완전하고 최종적인 해결책? 그런 건 없어. 다만 그것이 사회체제이든 한 개인이든, 그 존재가 가진 권리라는 거지. 구시대적 시스템에 대한 맹신으로 회생 불가능해진 체제의 유지를 위해 밑도 끝도 없는 노력을 계속하는 것보다는 아예 그 시스템을 붕괴시키고 새롭게 시작하는 것이 개인에게도, 인류를 위해서도 더 유익하다는 거야. 서브프라임 모기지 사태 이후 지속된 정부의 부동산 정책을 봐. 기득권을 가진 소수를 위해 이미 훨씬 낮아졌어야 할 아파트 가격은 크게 떨어지지 않았고 그런 상황에서 전세를 구하기 위해, 또는 집을 사기 위해 대출을 받은 서민은 부채에 짓눌려 살고 있어. 그러나 아무리 정권을 잡은 자들이 온갖 방법으로 막으려 해도 인구구조상 한국의 부동산 가격은 떨어지게 되어 있지. 그렇다면 대출금보다 훨씬 낮아진 아파트를 팔 수도 없게 된 서민들은 어떻게 되는 거지? 무너지게 되겠지. 이 왜곡된 자본주의 시스템과 함께 말이야. 그리고 새로운 사회가 출현하게 되는 거야."

거기까지 말하고 목이 마른 듯 물을 한 모금 들이켠 도진은 이어서 말했다.

"한 개인의 자발적인 종말도 근경에서 보았을 때는 비극으로 보일지 모르지만 원경에서 봤을 때는 무가치한 고통으로부터의 해방, 새로운 차원으로의 진화라고 볼 수 있지. 그래, 그것은 탈출이자 해방이야. 탈출이자 해방!"

"그건 어불성설이야. 너는 내세를 믿지 않잖아!"

"내세를 말하는 게 아냐. 완전한 소멸, 무(無)로의 회귀, 영원한 평온을 의미하는 거지."

"영원한 평온? 그게…"

명우가 거기까지 말한 순간 무신이 외쳤다.

"그만! 이제 그만해. 이제 그런 얘기들은 집어치우라고! 도대체 그런 말장난들로 뭘 얻어 내겠다는 거야? 그만두라고!"

세 사람 사이에 정적이 찾아왔다. 명우는 도진을 데려온 걸 후회했다.

15.

계산을 마친 명우가 밖에서 기다리고 있던 무신과 도진에게로 걸어오자 무신이 말했다.

"잘 먹었다."

"뭘."

도진이 말했다. "빨리 가봐야 되지? 기다리고 있겠네."

"이 근처에 있어서 천천히 걸어가면 돼."

"황금 같은 주말에 데이트 약속도 미루면서 시간 내줘서 고맙다. 빨리 가봐."

무신이 약간은 빈정대는 어조로 말했다. 명우는 잠깐 뭔가를 고민하더니 결심한 듯 무신의 얼굴을 바라보며 말했다.

"무신아, 인생은 어떤 의미에서 버티는 거라고 생각해. 지금 내 안목은 한계가 있어. 상황이란 생각지 못하게 변할 수 있는 거고. 삼 년 동안 거절당했던 여자한테 어느 날 갑자기 온 메일을 열어 보았더니 이제는 네 맘을 알겠다, 네 마음을 받아 주고 싶다는 일이 일어날 수 있는 거라고. 실제로 내가 아는 사람이 그렇게 결혼해서 지금 애 둘 낳고 행복하게 잘 살고 있어. 그니까 내가 하고 싶은 말은 상황에 매몰된 내 시야를 너무 신뢰하지 말라는 거야. 상황은 언제든 바뀔 수 있어. 내가 신뢰해야 할 대상은 그 상황을 바꿀 수 있는 존재이지 상황에 대한 내 판단이 아니야. 그러니까 오직 신앙이 있을 때만 버틸 수 있는 거지. 분명 그 모든 상황에는 뜻이 있을 테니까. 그냥 그렇게 쭉 고통만 받다가 끝나는 게 아니라 그 고통을 통해 무언가 그분이 목적한 일이 성취될 테니까. 거칠게 말해 그걸 믿고 버티는 게 신앙이라고 생각해. 부탁하고 싶은데, 다시 신앙으로 돌아와. 그러면 알게 될 거야. 인생이란 누가 뭐라고 지껄이든 살아 볼 만한 것이라는 걸 말이야."

무신은 차분한 얼굴로 대답했다.

"그래. 알겠어."

명우가 그렇게 대답하는 무신의 손을 굳게 잡고 헤어짐의 악수를 하며 말했다.

"기도할게. 잘 지내고 조만간 다시 만나자."

그 순간, 명우의 눈동자에 살짝 물기가 맺혀 있는 걸

무신은 본 것 같았다.

"그래. 그러자고." 무신이 대답했다. 옆에 서 있던 도진도 무신에게 손을 내밀며 말했다.

"잘 가. 또 만나자고."

악수하는 도진의 손은 조금 전까지 있었던 공간의 에어컨 바람을 감안하고라도 너무 차가웠다.

무신은 오목교 쪽으로 발걸음을 옮겼다. 그리고 생각했다.

'도진이 자식의 궤변과 명우 녀석의 종교적 넋두리만 계속됐던 만남이었다. 건진 거라곤 계속 이 악물고 버티라는 말밖엔 없는…. 젠장, 도대체 언제까지 버티라는 거야. 상황은 언제든 바뀔 수 있다고? 근데 왜 안 바뀌는데? 왜 점점 더 나빠지기만 하는 거냐고. 신이 있다면 도진이 자식이 지껄인 대로 사디스트라고 할 수밖에 없는 거 아니냐고!'

오목교 위로 이어진 가로등들이 하얀 불빛을 뿜어내고 있었다. 안양천의 영향이었는지 다리 위로는 시원한 바람이 불어왔다. 가슴이 조금 진정되는 것 같았다. 그는 크게 숨을 한 번 들이쉰 후 계속 생각했다.

'하지만 도진이 자식이 지껄인 건 정말 개소리였다. 뭐? 파멸이 영원한 평온이라고? 그럼 너부터 영원한 평온으로 잠기시지! 괜히 다른 사람들에게 엿 같은 주장이나 하지 말고.'

다리를 건너 영등포구로 들어서자 바람은 그쳤다. 공기마저도 정체되고 답답한 느낌이었다.

"빌어먹을."

짜증 섞인 혼잣말을 내뱉은 그는 걸음을 빨리했다.

고시원으로 걸어오는 여정은 어두운 길거리, 시커먼 뒷골목으로 이어진 길들, 초라한 술집들과 을씨년스러운 버스정류장 따위로 이어져 있었다. 그 사이사이에 취객들의 술주정, 길고양이의 어슬렁거림, 음식물 쓰레기의 악취와도 마주쳐야 했다.

그러나 이상하게도 무신에겐 그 모든 것이 아주 자연스럽게 느껴졌다. 자신에게는 그런 것이 어울린다는 생각. 어둡고 음습한 한 평짜리 관으로 이어지는 여정은 마땅히 그러해야 한다는 당위성.

'아주 적절하다.'

그는 웃었다. 마치 정신 나간 사람처럼. 그러곤 중얼
거렸다.

"그래. 좋아. 모든 게, 모든 게 아주 좋아!"

16.

그곳은 그의 잠자리였다. 고시원은 아니었지만 낯설
지 않은 그 공간을 그는 자연스럽게 자신의 잠자리로
느꼈다. 그곳, 자신의 잠자리에 웬 알지 못하는 사람이
머리까지 이불을 뒤집어쓰고 누워 있었다.

"뭐야?"

오싹한 한기를 느끼며 이불 쪽으로 천천히 다가선
그는 이불을 걷어 내려 했다. 순간, 이불 밑의 존재가 미
세하게 꿈틀거리는 것 같았다. 그 작은 움직임에 불쾌
감과 공포심은 더욱 커졌다. 그는 온몸의 털이 곤두서
는 것을 느꼈지만 용기를 내어 그 존재의 얼굴을 내리
덮고 있는 이불로 손을 가져갔다. 순간, 구역질 나는 악
취가 확 풍겨 왔다. 그는 숨 막히는 공포를 느끼며 그곳

을 뛰쳐나오려고 했다. 그러나 동시에 자신의 공간, 자신의 잠자리인 이곳을 버리고 어디로 간단 말인가, 하는 생각이 들었다. 그렇다. 그는 이 알 수 없는 존재의 얼굴을 보아야만 했다. 그는 무한한 공포를 느끼며 일을 감행하기로 작정하고는 돌아서 이불을 걷어 냈다. 순간, 그는 자기도 모르게 비명을 질렀다. 이불 밑에 있던 것은 썩은 시체였다! 앞뒤 볼 것 없이 밖으로 뛰쳐나가자 시커먼 복도가 있었다.

'여기는 또 어디야?'

처음 보는 곳이었지만 역시 낯설지는 않았다. 그때 그의 눈에 하얀 천을 뒤집어쓴 누군가가 걸어오는 모습이 보였다. 그가 뛰쳐나온 방 침대 위에 있던 그것과 비슷한 무엇이.

그는 공포에 질려 어찌할 바를 모르고 안절부절못하다 옆 방문을 열었다. 그런데 이불을 뒤집어쓴 그 시체가 서 있는 것 아닌가!

"으악!"

그는 외마디 비명을 질렀다. 순간 웬 작고 검은, 아주 기분 나쁘고 더러운 느낌을 주는 딱정벌레 한 마리가

그의 목 부분으로 날아오더니 그의 목을 간질이기 시작
했다. 그는 왼손으로 벌레를 떼어 내려고 노력했다. 떨
어져 나간 것 같았다. 그러나 다음 순간 그 구역질 나는
딱정벌레는—그것은 마치 이불을 뒤집어쓴 역겨운 존재가 아주 작아
진 것 같았다—다시 그의 목 부위를 간질이고 있었다. 그
는 온몸에 소름이 돋는 것을 느끼며 잠에서 깨어났다.
악몽이 가져다준 불쾌감은 잠에서 깨어난 뒤에도 한동
안 계속됐다.

'젠장, 정말 기분 나쁜 꿈이었어.'

그런 생각을 하며 그는 책상 위의 물병을 집어들어
물을 벌컥벌컥 들이켰다. 물은 미지근했지만 갈증과 악
몽으로 인한 불쾌감을 조금은 가라앉혀 주었다. 시간을
확인해 보니 새벽 네 시 반이었다.

'다섯 시간도 못 잤잖아. 이렇게 어정쩡한 시간에 깨
다니….'

다시 잠드는 건 쉽지 않을 것 같았지만 그렇다고 새
벽부터 뭔가를 하고 싶지도 않았다. 해야 할 일도 없었
고. 그래서 그냥 그대로 누워 있자니 또다시 이런저런
생각이 찾아들기 시작했다. 생각의 주제는 자살이었다.

사실 그는 어제의 만남 전까진 자살에 대해 심각하게 생각해 본 적이 없었다. 막연하게, 꼬일 데로 꼬인 인생 그냥 확 끝내 버릴까 하는 생각을 안 해본 건 아니었지만 그냥 지나가는 생각이었고 진지한 고민이 뒤따르지도 않았었다. 그러나 깜깜한 어둠 속에서 불의의 기습을 받아 각성상태에 이르게 된 지금, 그는 그 주제에 대해 진지하게 생각하기 시작했다. 그러자 곧 그것이 자신이 사용할 수 있는 최후의 카드로 보이기 시작했다, 어떤 최악의 상황, 수치스러운 상태도 단번에 역전시켜 버릴 수 있는 카드패(牌), 그것이 바로 자살이라는 생각이 들었던 것이다. 그러자 어떤 안도감 비슷한 것이 찾아왔다.

　'그래, 더는 아니다라는 생각이 들면 뛰어내리면 되는 거지. 뭐가 걱정이야!'

　하지만 동시에 그의 내면 어딘가에서 다른 목소리가 들려왔다.

　'그런 생각을 하다니! 정말이지 끔찍한 생각이다!'

　그 목소리에 귀를 기울일수록 조금 전까지 탈출구로 보였던 것이 실은 기만이며 함정일 뿐이라고 느껴졌다.

그리고 이런 생각도 들었다.

'만약에 신이 진짜로 존재한다면 어떡하지? 그 신이 자신이 준 생명을 스스로 포기한 자를 가만히 놔둘까?'

물론 그는 곧 그런 어리석은 생각은 할 필요도 없다고 중얼거렸다.

그가 그런 두서없는 생각들을 뒤로한 채 다시 잠의 영역으로 빠져든 것은 그의 방 바깥세상이 서서히 떠오르는 태양으로 밝아지기 시작한 여섯 시 무렵이었다. 그리고 그가 다시 눈을 떴을 때는 정오가 지나 있었다. 그는 찌뿌둥함과 여전한 피로감을 느끼며 자리에서 일어나 시간을 확인한 후 화장실로 향했다. 그리고 갑작스럽게 오후에 부천 집에 가기로 마음먹었다.

백반집에서 아침 겸 점심을 해결하고 빈둥거리던 그는 집에 가면 어머니와 누나에게 무슨 말을 할지 생각해 보았다. 특별히 떠오르는 건 없었다.

'뭐 상관없어. 무슨 대화를 나누느냐가 중요한 게 아니니까. 어그러질 대로 어그러진 관계를 회복하기 위해 최소한의 성의를 보였다는 사실이 중요하니까. 내가 찾아갔다는 것만으로도 그런 의지가 있다는 걸 드러내는

게 될 테니까.'

그렇게 결론 내리곤 좀더 침대에서 뒹굴거리던 그는 햇살이 살짝 꺾인 다섯 시 십 분쯤 고시원을 나섰다.

걸어서 영등포역에 도착한 그는 교통카드를 충전한 후 개찰구를 통과해 승강장으로 이어지는 계단을 올라 갔다.

'쭉쭉 빠지는구나. 밥값, 교통카드 충전비, 휴대폰 요금, 방값….'

그때 갑자기 이런 생각이 올라왔다.

'뭐 괜찮아. 내겐 최후의 카드가 있으니까. 있는 돈 다 쓰고 탈출구로 달아나면 되니까.'

그러나 곧 이런 생각이 이어졌다.

'젠장, 무슨 생각을 하는 거야. 무슨 미친 생각을 하 고 있는 거냐고!'

그는 그 두 가지 생각 모두로부터 달아나려는 듯 걸 음을 빨리해 승강장 맨 끝으로 갔다.

휴일 오후의 지하철은 사람들로 붐볐다. 그는 유리 창 너머로 바깥 풍경을 바라보았다. 살짝 기운 햇살이 건물과 대지를 붉게 물들이고 있었다. 전동차가 레일

위를 달리며 내는 단조로운 소음에 귀 기울이며 창밖을 바라보는데 갑자기 한 광경이 떠올랐다. 어린 시절 어느 햇살 좋은 봄날 오후, 아버지와 텔레비전 앞에 앉아 반쯤은 졸음에 빠져서 보았던 50~60년대 할리우드 영화가 끝나고 엔딩 크레딧이 올라가는 장면.

'〈로마의 휴일〉이나 〈웨스트 사이드 스토리〉, 〈내일을 향해 쏴라〉 아니면 〈닥터 지바고〉였을 거다. 아버지와 함께 보았던 그 영화는. 아버지는 영화를 참 좋아하셨지. 난 그런 아버지와 같이 영화를 보는 걸 좋아했고. 그땐 참 행복했는데…. 아버지는 졸고 있는 내게 누워서 보라며 베개를 갖다 주시곤 했지. 그러면 나는 아버지 옆에 누워 시선은 브라운관을 향한 채로 창문으로 들어오는 기분 좋은 바람을 느끼며 나른한 행복감에 싸여 달콤한 졸음으로 빠져들곤 했지.'

그는 아버지의 얼굴을 떠올려 보았다. 윤곽은 그려졌지만 선명하게 떠오르진 않았다. 비록 부도 이후 가족 모두에게 크나큰 상처를 남긴 채 사라져 버린 아버지였지만 그리웠다.

'고집스럽고 무뚝뚝하긴 했지만 정이 많은 분이었

는데…. 힘든 상황을 내색하지 않고 애써 무덤덤한 척하던 아버지. 그래서 더 외로웠을 아버지. 지금도 어디선가 홀로 외로운 시간을 보내고 있을 아버지…'

그는 아버지와 따뜻한 국밥을 먹으며 힘내시라고 말하는 광경을 상상해 보았다. 그러나 그런 영상은 곧 허물어졌다. 그리고 강고하게 버티고 있는 현실의 답답함이 다시, 더 크게 느껴졌다.

"처량한 감상에 또 빠질 뻔했군."

그렇게 혼자 중얼거리고 있는데 웬 노인 하나가 그의 앞으로 와 쉰 목소리로 천 원만 달라고 말했다.

"없어요."

그의 대답에 노인은 잠시 그를 물끄러미 쳐다보더니 이내 말없이 다른 사람에게로 가 또 천 원을 요구했다. 그는 모든 게 짜증스럽게 느껴졌다. 노인, 청년 할 것 없이 하나같이 구질구질하고 비참하구나, 생각하면서. 그는 빨리 목적지에 도착하기만을 바랄 뿐이었다.

'무슨 놈의 열차가 이렇게 기어가? 짜증 나게.'

그렇게 생각하고 있는데 안내방송이 들려왔다.

"승객 여러분께 안내 말씀드리겠습니다. 앞 열차와

의 간격 조정을 위해 열차 서행하고 있습니다. 열차 이용에 불편을 드려 죄송합니다."

17.

다세대 주택이 밀집한 골목 끝 어머니와 누나가 살고 있는 반지하 방 창문이 눈에 들어오자 무신은 숨을 깊게 내쉬었다. 천천히 걸음을 옮겨 문 앞에 선 그는 들어가기 망설여지는 듯 잠시 멈춰서 주변을 둘러보았다. 근처에 새로 들어선 아파트 단지에 비하면 낡고 초라한 주택들이 밀집한 조용한 골목엔 특별한 볼거리란 없었다. 살짝 얼굴을 찌푸린 그는 이내 걸음을 내디뎌 건물 안으로 들어섰다. 그리고 반 년 만에 처음으로 어머니 집의 초인종을 눌렀다. 안에서 목소리가 들려왔다.

"누구세요?"

누나였다.

"나 무신이."

대답과 함께 문이 열렸다.

"오랜만이네."

무신은 무뚝뚝한 표정으로 말하며 집으로 들어섰다. 그와 묘하게 닮은, 그러면서도 귀염성 있게 생긴, 그러나 그와는 확연히 다른 하얀 피부를 지닌 누나가 대답했다.

"웬일이래. 네가 여기를 다 찾아오고. 잘 지냈어?"

"뭐 그럭저럭. 이거 냉장고에 넣어." 그렇게 말하면서 그가 오다 산 수박을 건네자 누나는 "뭐 이런 걸 다 사오고 그래. 그냥 오지" 하며 수박을 받아 냉장고로 가지고 갔다.

열다섯 평의 작고 다소 어질러진 집 안엔 누나밖에 없는 것 같았다.

"어머니랑 지아는?"

"엄마는 일 가셨고 지아는⋯."

"일? 식당 일?"

"어."

"지아는?"

"지아는⋯ 네 매형이랑 같이 뭐 좀 사러 나갔어."

매형 얘기가 나오자 그는 지난 일이 떠올라 약간의 미안함도 느꼈으나 알 수 없는 짜증도 났기에 퉁명스러운 어조로 말했다.

"그 인간 아직도 여기서 같이 살아?"

누나가 얼버무리는 태도로 말했다.

"어. 그렇게 됐어."

그러곤 화제를 다른 데로 돌리려는 듯 말했다. "근데 너는 어떻게 지냈어?"

"똑같이 뭐."

그가 짧게 대답하자 누나도 더 이상 묻진 않았다. 그는 어머니가 사용하는 작은방으로 갔다. 대충 개켜진 이불과 방 한쪽 구석에 쌓인 잡동사니들이 어머니의 지난한 삶을 대변해 주고 있었다. 방문 옆에 놓인 오래된 옷걸이엔 언젠가 그가 생일 선물로 사드린 등산용 반팔 티셔츠도 걸려 있었다.

방 밖으로 나온 그는 누나와 지아, 그리고 아마도 매형이 함께 사용하고 있을 옆방도 들어가 보았다. 어린 아이를 둔 집 안이 흔히 그렇듯 어질러져 있었다. 방바닥엔 지아가 보다 나갔는지 그림책 하나가 펼쳐져 있었고 구겨진 신문과 장난감들, 벗어 놓은 옷도 뒹굴고 있었다.

"많이 지저분하지? 청소를 해야 하는데…." 그렇게 말하며 누나가 방으로 들어왔다. 그녀의 손에는 포도주스가 든 유리잔이 들려 있었다. "이거 마셔."

잔을 받아든 그가 물었다.

"아버지한테는 연락 없고?"

"한 달 전쯤인가, 엄마한테 한번 전화하셨는데, 남원에 계신다는 것 같던데."

"남원? 거기서 뭐하고 계신데?"

"나야 모르지…."

"언제까지 숨어만 있을 생각이신지…." 그렇게 말하며 펼쳐진 그림책을 내려다보던 그가 물었다. "지아는 어떻게 지내고 있어?"

"유치원 들어갔어. 잘 다니고 있어. 형편이 이렇다 보니 많은 걸 못 해줘서 미안하지…."

"언제쯤 들어오는데?"

"곧 올 거야."

얼마 남지 않은 주스를 다 마신 그가 빈 잔을 누나에

게 건네며 말했다.

"매형은 어떻게 지내고?"

"지금은 일단 여기서 같이 살고 있는데 곧 다시 대전으로 내려갈 거야. 일 회복되면….."

"여기선 무슨 일 하고 있어?"

"아직 그 일이 완전히 해결된 게 아니라서 아무래도….."

'뭐야? 그럼 그 자식은 감방까지 갔다 와서 힘들게 일해 겨우 먹고살고 있는 우리 식구한테 빌붙어 사는 거야?'

그런 생각이 들자 화가 치밀어 올랐다.

"뭐라도 해서 생활비라도 벌어 오라고 해! 진짜 염치도 없네."

그 말에 지금까지 부드럽게 말하던 누나의 어조가 다소 높아졌다.

"그 사람도 나름대로 힘든 시간 보내고 있어. 그니까….."

누나의 말을 자르며 그가 말했다.

"그니까 뭐? 여기서 잘 쉬도록 받들어 모셔야 된단

말이야? 참 나… 이혼까지 하고 처갓집에 들어와 살고
싶을까."

"야, 너 무슨 말을 그렇게 해! 그때는 빚 문제도 있었
고 상황이 어쩔 수 없었지만 그렇다고 우리랑 완전히
남이 된 것도 아니고, 또 그 사람도 여기서 지내는 게 편
하겠어? 어쩔 수 없이…"

"어쩔 수 없이 여기서 지낼 거면 최소한의 생활비라
도 내라고! 내가 틀린 말 해? 사업한답시고 장인어른한
테 돈 빌려 갔으면 충분한 거지, 다 말아먹고 빈털터리
돼 돌아온 놈 뒤치다꺼리까지 해줘야 하느냐고!"

누나의 얼굴이 빨개졌다.

"너 그런 말이나 하려고 찾아온 거야? 그럴 거면
가!" 그녀의 목소리엔 살짝 울음기가 배어 있었다. "그
렇지 않아도 힘들어 죽겠는데…."

'하긴 누나가 무슨 죄냐, 그 자식이 나쁜 놈이지. 이
런 말이나 하려고 온 것도 아니고.'

그런 생각이 들자 미안한 마음이 들었다. 그는 더 이
상 아무 말도 하지 않았다. 누나는 빈 잔을 들고 부엌으
로 가버렸고 그는 말다툼으로 어색해진 분위기가 흐르

는 방에 그대로 서서 이러저런 사물들에 목적 없는 시
선을 보냈다.

18.

"누구 왔어? 못 보던 신발이네?"

대문이 열리는 소리와 함께 매형 목소리가 들려왔
다. 누나의 대답이 이어졌다.

"무신이가 오랜만에 찾아왔어요."

무신은 천천히 걸음을 옮겨 거실로 나갔다. 현관엔
손에 비닐봉지를 든 매형이 서 있었고 신발을 벗으려고
쪼그려 앉은 지아가 옆에 있었다. 무신의 얼굴을 본 매
형의 표정이 굳어졌다. 지난번 일이 떠올라서였을 것이
다. 무신은 그런 매형을 외면한 채 아빠 옆에 붙어 있는
지아에게 말했다.

"지아야, 오랜만이네. 그동안 잘 있었어?"

지아는 분명 무신을 보고 경직된 아빠의 반응을 감
지했을 것이다. 그 결과였을까, 꼬마 아가씨는 무신의

마음을 아프게 만드는 행동을 보였는데 그것은 물끄러미 그를 바라보며 아무 말 없이, 어떤 반가움의 기색도 없이 서 있는 것이었다.

그것은 무신이 두려워하며 예측했던 일이었다. 그는 자기가 귀여워했던 아이로부터 그런 대접을 받을 거란 걸 예상했었다. 이곳에 오기를 그토록 망설였던 것도 그 때문이었다. 하지만 발작적 결단으로 이곳까지 와 실제 그런 상황을 겪게 되자 예상했던 것 이상으로 그를 힘 빠지게 만들었다.

허나 순간적으로 슬퍼하고만 있을 순 없다는 생각이 들었다. 이미 물은 엎질러졌고 그렇다면 걸레로 닦든 휴지로 닦든 어떤 행동을 취해야 했다. 그래서 그는 어쩌면 이미 마음의 문을 닫아 버렸을지도 모를 조카에게 돌진하기로 결심했다.

"삼촌 오랜만에 봤는데 안 반가워? 삼촌은 지아 많이 보고 싶었는데."

조카의 눈높이에 맞춰 쪼그려 앉아 말하는 무신의 시선을 피하며 지아는 옆에 선 아빠의 손을 꼭 잡았다.

"삼촌이 지아 많이 보고 싶었다고 '안녕' 하는데 지

아도 삼촌한테 '안녕하세요' 해야지."

누나가 아까 있었던 일로 인한 감정 상함을 밀쳐 내고 무신을 위해 나섰다. 그러나 그런 시도에도 지아는 여전히 무신에게 어떤 인사도 건네지 않았다. 어색한 상황을 수습하려는 듯 그녀가 다시 말했다.

"너무 오랜만에 봐서 지아가 조금 당황했나 보네."

들고 있던 비닐봉지를 식탁 위에 내려놓은 매형이 야구모자를 벗어 들고 방으로 들어갔다. 지아는 뭔가를 묻는 얼굴로 엄마를 바라보다가 곧 아빠를 따라 방으로 갔다.

"무신이가 수박 사왔는데 좀 드세요."

잠시 후 썰린 수박을 가운데 놓고 둘러앉은 무신과 누나 부부, 지아 사이에는 어색하고 불편한 기운이 흘렀다. 분위기를 바꿔 보려는 누나의 노력은 번번이 별 성과를 거두지 못했는데 그 냉랭한 분위기의 원천이라 할 수 있는 그녀의 남편이 뻣뻣하게 굳어 어떤 대화에도 동참하려 하지 않았기 때문이다. 그런 거야 무신에게는 어떻든 상관없었다. 문제는 그런 아빠의 태도에 영향을 받은 지아도 수박만 만지작거리고 있었다는 데 있었다. 그런 조카를 보고 있자니 화가 났다.

"지아야, 삼촌 안 보고 싶었어?"

지아는 이번에는 그의 얼굴을 쳐다보았다. 그러나 여전히 어떠한 대답도 하지 않았다.

'치, 그 아비의 그 자식이구나. 그래. 말을 말자, 말을 말아.'

그렇게 생각하며 수박만 우적우적 씹어 대던 무신이 안쓰러웠는지 누나가 말했다.

"지아야, 삼촌이 지아 보고 싶어서 지아 먹으라고 수박 사왔는데 '삼촌 고맙습니다' 해야지."

그러자 이제껏 아무 말 없이 가만히 있던 매형이 한마디 했다.

"애보고 자꾸 그러지 마."

애보고 자꾸 그러지 말라고? 그 말은 자기 딸이 취하고 있는 태도가 적절한 것이니 바꾸려 하지 말라는 뜻이었다. 그런 생각이 들자 무신의 마음속에 이 모든 상황을 촉발시킨 그 남자에 대한 분노가 솟구쳐 올랐다.

"매형이나 누나한테 그러지 마세요!"

그 한마디가 끼친 영향은 너무도 분명했다. 불안정

하게 봉합되어 있던 냉랭한 침묵의 안정은 깨졌고 매형
은 불쾌한 얼굴로 자리에서 일어났다.

"야, 너 무슨 말을 그렇게 해! 매형이 말한 건…"

누나의 말을 자르며 무신이 말했다.

"그럼 어떻게 말해야 되는데? 내가 못할 말 했어?"

"됐어. 그런 얘긴 그만하고…"

그때 누나의 말을 자르며 매형이 말했다.

"참 나, 너무하네. 지난번 일로도 부족해서 또 와
서…"

"또 와서 뭐요? 또 와서 행패 부린다고 말하고 싶은
거예요?" 이번에는 매형의 말을 끊으며 무신이 큰소리
로 말했다.

"그만하라니까!" 누나가 외쳤다. 엄마의 고성에 지
아가 갑자기 울음을 터뜨렸다.

젠장, 이러려고 온 게 아닌데, 하는 생각이 무신의 머
릿속을 스쳐 갔다. 그러나 그것은 모호한 후회감이었을
뿐 실제적인 행동, 이를테면 누나와 매형에게 사과하는
것과 같은 행위를 수반할 힘은 갖고 있지 못했다. 이건
아닌데, 이럴 생각은 없었는데, 하는 생각만 맴돌 뿐이

었다. 그러는 사이 매형은 방으로 가더니 다시 야구모자를 뒤집어쓰고 나와 현관으로 갔다.

"나갔다 올게."

그렇게 말하고 그는 아내의 대답을 기다리지도 않고 현관문을 열고 나갔다. 지아는 계속 울고 있었고 딸을 달래던 누나가 고통스러운 얼굴로 말했다.

"무신아, 네가 일부러 생각하고 와준 건 알겠는데, 이러려면 앞으로 오지 마. 이럴 거면 차라리 오지 말라고….."

누나의 말은 무신의 가슴을 쓰라리게 후벼 팠다. 무신은 자리에서 일어났다. 그리고 말했다.

"그래. 알았어. 원하는 대로 해줄게."

돌아서서 현관으로 향하는 그의 귀에 잦아드는 지아의 울음소리가 들렸다. 그는 문을 열고 밖으로 나갔다.

"야, 이렇게 그냥 가면 어떡해! 조금만 더 있으면 엄마 오셔. 엄마 얼굴이라도 보고 가야 할 거 아냐!" 누나가 쫓아 나와 말했다.

그는 뒤도 돌아보지 않고 걸음을 옮겨 그곳을 빠져나왔다. 누나가 뭐라고 외치는 소리가 다시 한번 들려왔지만 걸음을 멈추지 않았다. 어느새 울음을 그친 지아는 사라져 버린 삼촌의 등 뒤에다 대고 뭐라고 중얼거리는 엄마를 물끄러미 바라보고 있었다.

19.

거리엔 어둠이 내려앉았다. 비참했다. 좋은 의도로 감행한 일이 참담한 결과를 불러온 데 대해 화가 났다. 화가 난 대상은 그를 차갑게 대한 매형도, 아빠를 따라 그를 외면한 지아도, 화를 내긴 했지만 어떻게든 다시 관계를 회복해 보려고 노력한 누나도 아니었다. 굳이 규정하자면 어제 친구들과 만났을 때 출현한 대화의 주제 중 하나였던 '신'이었다. 신이 있다면 내게 어떻게 이럴 수 있는가. 도대체 내가 무슨 잘못을 저질렀기에 이토록 비참한 일을 겪어야 하는가 따지고 싶었다.

그러나 신은 없었다. 그러니 그가 항변할 대상은 이 세상, 이 물질세계를 구성하는 타자 아니면 자기 자신밖에는 없었다. 이 세상은 그의 항변에 전혀 관심이 없었다. 그와 같은 아우성을 지르는 수많은 이들의 고통에 세상은 어떠한 반응도 보이지 않았다. 그 냉혹함은 이렇게 말하고 있었다.

'네가 항변할 대상은 오직 너 자신뿐이다.'

그는 분노로 씩씩대며 저주받은 안식처, 관으로 향했다. 영등포역 승강장에는 일요일 저녁 특유의 애조가 흐르고 있었다. 이제는 완전히 마지막에 다다른 휴일이 불러일으키는 상실감, 곧 다시 찾아올 지겹도록 끔찍한 노동이 상기시키는 족쇄 찬 삶의 굴레…. 개찰구 밖으로 나가자 그런 애조 띤 가락과는 다른, 자신들만의 악취 나는 구슬픈 노래를 부르는 무리들도 눈에 띄었다. 오늘의 침대와 이불이 되어 줄 신문지를 한 손에 들고 다른 한 손엔 술병을 든 초라한 행색의 노숙자들. 무신은 얼굴을 찌푸리며 빨리 역 밖으로 나갔다.

고시원까지 돌아오는 길은 조용했다. 차량의 소음도 평소보다 훨씬 적었고 음식물 썩는 냄새나 배회하는 길고양이도 좀처럼 마주칠 수 없었다. 이런 고요가 그의 감정을 더욱 소란스럽게 증폭시켰다는 사실은 아이러니였다. 그는 고시원에 도착해 관 뚜껑을 열 때까지 분노와 억울함의 소용돌이에 휩싸인 채 거친 숨을 내쉬었다. 그러나 일단 그 좁은 심연에 들어서자 이상하게 마음이 가라앉았다. 그는 불도 켜지 않은 채 그대로 침대에 몸을 던졌다. 그러곤 마치 태아가 엄마 배 속에 웅크린 듯한 자세로 가만히 숨을 들이쉬고 내쉬기를 반복했다. 이내 평안이 찾아왔다. 어둠은 모든 것을 이해하고 위로해 주었다. 거기에는 더 이상 미래에 대한 불안도, 내일에 대한 절망도 없었다. 심지어는 어제에 대한 원망까지도 없었다. 오직 모든 굴레로부터 해방시켜 주는 무한한 암흑만이, 그 영원한 무(無)의 현재만이 있을 뿐이었다.

한참을 웅크리고 있던 그가 천천히 몸을 일으켰다. 스탠드를 켜고 주머니에서 지갑과 휴대폰을 꺼내 책상 위에 놓은 후 옷을 갈아입은 그는 아래층 세면장으로 내려갔다. 샤워를 마치고 방으로 돌아와 침대에 몸을 걸쳤을 때 휴대폰이 진동으로 울렸다. 어머니의 전화였다. 그는 받지 않았다. 얼마쯤 더 몸을 떨던 휴대폰은 이내 안정을 되찾았다. 그는 휴대폰을 집어들었다. 어머니로부터 온 세 통의 부재중 전화 기록이 표시되어 있었다.

그것은 간신히 맞은 평온을 깨뜨릴지도 모를 신호였
다. 그는 그러고 싶지 않았다. 그래서 휴대폰을 책상 끝
멀찍이 밀어 놓았다.

'아니, 그것 갖곤 안 되지. 이런 작은 기계 따위가 나
의 안식을 방해할 수는 없지.'

그는 다시 휴대폰을 집어들어 전원을 껐다. 관은 그
어느 날보다 포근하고 편안하게 느껴졌다. 그렇게 얼마
나 비몽사몽간을 떠돌았을까. 방문을 두드리는 노크소
리가 그의 의식을 파고들었다.

"저기, 계세요?"

문을 열자 황씨가 서 있었다.

"아까 들어오신 것 같아서…. 양념통닭 한 마리 시켰
는데 같이 드실래요?" 무신의 얼굴을 살피며 황씨가 말
했다.

"몸이 좀 안 좋아서 생각 없습니다."

그 말에 황씨가 놀란 얼굴로 물었다.

"어디 아프세요? 심한 건 아니죠?"

"심한 건 아니고, 그냥…" 뭐라도 둘러대야 했다. 그

래서 그는 나오는 대로 아무렇게나 말했다. "속도 좀 안 좋고 컨디션이 전반적으로 안 좋아요."

"아, 그러셨구나. 그럼 저기 잠깐만, 잠깐만 기다리세요. 제가 속 안 좋을 때 자주 먹는 게 있는데 갖다드릴게요." 그렇게 말하고 황씨는 몸을 돌려 재빠르게 계단을 내려갔다. 그 모습을 물끄러미 보고 있던 무신은 천천히 문을 닫았다. 그리고 생각했다.

'저 사람은 자기한테 쌀쌀맞게 구는 내가 뭐가 좋아서 저렇게 뭘 주겠다고 안달이지?'

그러자 약간은 미안한 마음이 들었다. 따지고 보면 그는 이 냉정한 세상에서 자신에게 따뜻하게 대해 주는 몇 안 되는 사람 중 하나이지 않은가.

"몰라. 지 좋아서 하는 일인데 뭐."

그렇게 중얼거리며 침대에 드러누운 지 십 분이나 지났을까, 방문 두드리는 소리가 다시 들려왔다.

"누구세요?"

"저예요." 약간 숨이 찬 듯한 황씨의 목소리였다.

문을 열자 얼굴이 살짝 땀에 젖은 황씨가 활명수 한 병을 건네며 말했다.

"속 안 좋을 땐 이게 최고예요."

작은 유리병을 받으며 무신이 느낀 감정은 조금 전의 미안함 이상이었다. 말하자면 고마움 같은.

"고맙습니다."

거친 호흡에 땀을 흘리며 십 분쯤 걸려 그 유리병을 들고 왔다는 건 큰 길 사거리에 있는 약국에 가서 사왔다는 얘길 텐데, 그렇게 자신을 위해 마음과 돈과 애를 써준 그가 조금은 다르게 보였다.

"쭉 들이켜시고 한숨 푹 주무세요. 아마 자고 나면 괜찮아지실 겁니다." 황씨가 웃으며 말했다.

"네." 무신이 짧게 대답하자 황씨는 "그럼 쉬세요" 하고 말하고는 등을 돌려 자기 방으로 향했다. 문을 닫고 침대에 앉은 무신은 손에 든 작은 갈색 유리병을 내려다보았다. 병에는 '까스 활명수'란 투박한 글자 위에 부채 로고와 함께 작은 글씨로 'SINCE1897'이라고 쓰여 있었다.

'오래도 됐군.'

뚜껑을 따 한 모금 넘기자 톡 쏘는 탄산이 시원하게 느껴졌다. 그대로 쭉 들이켰다. 그러곤 다시 침대에 드러누웠다. 자야겠다거나 무언가에 대해 생각해야겠다는 목적 없이 그냥. 그렇게 어느 순간 그는 방바닥에 나뒹구는 유리병과 함께 스탠드의 하얀 불빛을 나눠 받으며 급작스럽고도 자연스러운 잠에 빠져들었다.

3부

그는 울고 싶었다.

그것은 갑자기 찾아온 감정이었다.

아무도 없는 곳으로 가 실컷 흐느끼고 싶었다.

그러나 그럴 수는 없었다.

20.

괴상한 생각이 떠오른 건 저녁식사를 마치고 방으로
돌아와 칫솔을 챙겨 세면장으로 향하려던 순간이었다.
마치 누군가 그에게 속삭이기라도 한 것처럼 스르르 찾
아든 그 생각은 연희에게 돈을 보내 주자는 것이었다.

결코 선한 의도에서 나온 생각은 아니었다. 그 행위
의 목적은 굴욕을 주는 것이었다. 강력하고 치명적인
굴욕을 안겨 주는 것. 그녀가 제안을 승낙하면 돈과 함
께 돈 앞에선 너도 별 수 없구나. 잘 써라. 원한다면 또
보내 주마, 이런 잔인한 문자를 보내는 것. 그럼으로써
그녀에게 치욕과 수치를 안겨 주는 것. 그 짜릿한 쾌감
을 맛보는 것. 그것이 목적이었다.

양치질을 마치고 방으로 돌아와 확인해 보니 통장에는 백삼십만 원 정도가 남아 있었다. 그 정도면 충분하다고 생각했다. 십 분쯤 침대에 앉아 뭔가를 생각하던 그가 결심한 듯 연희에게 전화를 걸었다. 벨소리가 한참 울리고 나서야 그녀는 전화를 받았다. 가라앉은 목소리였다.

"나야, 무신이."

"네. 어쩐 일이세요?"

"그날 잘 들어갔지?"

"네."

그녀는 여전히 짧고 간단하게 말했다. 그러나 지난번 만남 때와는 다르게 그녀의 말투가 상처가 되진 않았다.

"나한테 여윳돈이 약간 생겨서 그러는데, 너한테 좀 보내 주고 싶어. 그래서 계좌번호 좀 알려 달라고 연락했어."

그녀는 잠시 말이 없었다. 그의 뜬금없는 말이 어떤 의도를 지닌 것인지 분석하는 것 같았다. 그녀가 다시 말을 꺼냈을 때도 아직 그 분석은 진행 중인 것이 분명했다.

"그게 무슨 말이에요? 돈을 보내 주겠다니?" 어딘지 의혹이 담긴, 그러면서도 호기심과 희망 비슷한 감정 또한 실린 물음이었다.

"말 그대로 너한테 돈을 보내 주고 싶다고. 갑자기 공돈이 좀 생겼어. 한 백만 원 정도. 어차피 나한텐 당장 필요하지 않은 돈이야."

약간의 침묵, 이어서 깊은 한숨 소리가 들려왔다.

"부담 가질 필요 없어. 그냥 너 필요한 책 사보는 데 써."

다시 가는 숨을 내뱉는 소리가 들려왔다. 이어진 갈등의 흔적이 담긴 목소리.

"오빠 마음은 알겠는데, 그래도 이렇게 갑자기 적은 액수도 아닌 돈을 받는 건 좀 그렇네요⋯."

'젠장, 주겠다는데도 받기 싫다고? 마음대로 해라!'

그러나 그런 마음과는 반대의 말이 입에서 나왔다.

"난 네가 받아 주면 좋겠는데."

그녀는 대답이 없었다.

"그럼 이렇게 해. 좀더 생각해 보고 필요하다면 문자

로 계좌번호를 보내 줘. 생각에 변함이 없으면 문자를
안 주면 되는 거고."

잠깐 말이 없던 그녀가 차분한 목소리로 대답했다.

"네, 그렇게 할게요."

"그래. 그럼 잘 지내고."

휴대폰을 책상 위에 내려놓은 그는 짜증이 솟아올랐
다. 자신이 던진 미끼를 덥석 물어 그런 자존심 상하는
일에 동의할 수밖에 없었다는 데서 오는 굴욕감을 길
게, 아주 길게 느끼게 될 그녀를 기대했는데!

물론 그는 자신의 이런 병적인 기대에 역겨움도 느
꼈다. 그러나 뭐 하나 뜻대로 되지 않는 세상일에 그런
사소한 승리 한번 얻는 것이 그렇게 나쁜 일인가? 그 돈
은 실제로 그녀에게 유용하게 쓰일 것이 아닌가.

하지만 그의 이번 계획도 이전의 무수한 것들과 마
찬가지로 실패로 돌아갔다.

'정말 짜증 나는 인생이군. 돈을 거저 주겠다는데도
입술 꽉 깨물고 안 받겠다고 하다니…. 내가 하고자 하
는 일은 다 막아서는 존재라도 있단 말인가.'

그때 휴대폰이 울렸다. 연희? 연희가 아니라 어머니

였다. 받아야 할지 고민이 됐다. 휴대폰을 한참 바라보던 그가 결심한 듯 통화 버튼을 눌렀다.

"여보세요."

"왜 이렇게 전화를 안 받아? 몇 번이나 전화했는데!"

다짜고짜 따지듯 쏘아붙이는 어머니의 말에 기분이 상한 그가 자기도 모르게 언성을 높여 대꾸했다.

"이러니까 안 받지! 맨날 뭐라고 하니까."

그 말에 그의 어머니는 약간 태도를 누그러뜨리며 말했다.

"저녁은 먹었어?"

"먹었어."

"너 엊그제 집에 왔다며?"

"어."

"근데 그렇게 가버리는 게 어딨어."

"그럴 일이 있었어."

"그럴 일? 무슨 일?"

"그냥 그럴 일이 있었다니까."

"너 가고 나서 네 누나 밤새 한숨만 쉬면서 잠도 잘

못자더라."

그 말을 들으니 누나에게 미안한 마음이 들었다.

"매형이랑 다퉜다며. 넌 왜 네 누나 입장 생각을 못하니. 누나가…"

순간 미안함을 밀쳐 내며 짜증이 올라왔다. 그는 어머니의 말을 끊으며 외쳤다.

"누나 입장만 있고 내 입장은 없어? 이게 말이 돼? 사업한답시고 집안 말아먹은 걸로도 부족해서 거기까지 쫓아와 빌붙어 사는 게 말이 되냐고!"

"네 누나라고 그게 좋겠냐? 어쩔 수 없으니까 그렇게라도 살고 있는 거 아냐."

"그럼 일이라도 해서 돈이라도 벌어 오든지! 염치가 있지. 거기서 뭐하고 있는 거냐고!"

"그러는 너는 거기서 뭐하고 있는 거냐? 잘 다니던 대학 때려치우고, 집에도 안 들어오고!"

갑자기 또다시 자신에 대한 비난으로 방향을 튼 어머니에게 화가 난 그가 빠른 어조로 대답했다.

"내가 때려치우고 싶어서 때려치웠어? 어쩔 수 없이 때려치운 거 아냐! 그 말 좀 하지 말라고 그랬잖아! 몇 번이나 말해야 돼!"

"뭘 잘했다고 큰소리야! 네가 학교 때려치우고 지금
까지 제대로 한 게 뭐가 있어? 제대로 된 직장을 얻기를
했어, 돈을 모으기를 했어? 도대체 집 나가서 혼자 뭐하
고 있느냐고!"

그는 어머니의 괄괄한 성격이 싫었다. 그 감정 섞인
언성 높임이 싫었다. 그녀에게는 짜증을 가족에게 푸는
버릇이 있었다. 일차적인 피해자는 아버지였다. 다음
은 자신과 누나였고. 어린 시절 언젠가―아마도 여덟 살
쯤이었을 거다―시댁에 갔다 돌아온 그의 어머니가 아
들의 사소한 잘못에 날카롭게 반응하며 격앙된 목소리
로 꾸짖은 적이 있었다. 그가 느끼기에 자신의 잘못은
그 정도의 감정 섞인 꾸짖음을 당할 만큼 큰 것이 아니
었는데도. 그것은 분명 누군가로부터 받은 스트레스를
아무런 힘없는 그에게 푸는 행위였다. 그는 부당하다고
느꼈다. 그래서 한 시간 가까이 이어진 꾸중과 잔소리
에도 죄송하다는 말을 하지 않고 터져 나오려는 울음과
분을 꾹꾹 참으며 씩씩댔었다. 그날의 사건이 마무리되
고 화장실로 가 눈물 자국을 닦으며 그는 마음속으로

다짐했다. 더 커서 대항할 힘이 생기면 다시는 그런 억울한 일을 당하고만 있지는 않을 거라고.

실제로 그는 사춘기를 넘어서면서부터는 당하고만 있지 않았다. 어머니가 뭐라고 하면 지지 않고 대들었고 그래서 여러 번 크게 말다툼을 하기도 했다.

"왜 나를 찍어 누르려고 해! 그렇게까지 해서 이기는 게, 그래서 속이 시원해지는 게 그렇게 좋아?"

그러나 그는 몰랐다. 자신이 그런 어머니를 적지 않게 닮았음을.

"너 지금 있는 데가 정확히 어디야? 영등포 무슨 고시원이야?"

인간은 이성의 동물이자 감정의 동물이다. 아니, 이성의 동물인 것 이상으로 감정의 동물이다. 일단 감정의 영역으로 넘어가면 맞고 틀리고의 문제는 부차적인 것이 된다. 감정적인 반발을 무장해제시킬 이성적 논리는 없다. 감정에 불이 붙으면 그 불이 진화되기까지는 시간이 필요하다. 많은 경우 시간이 지나고 화가 사그라지면 억지로 강요하지 않아도 이성적인 판단력은 회복된다. 그러나 많은 이들이 그런 시간의 필요를 무시

한다. 즉각적인 상대의 굴복을 요구한다. 한번 불붙은 감정은 그게 불가능한데도 말이다.

"이런 얘기나 하려고 전화한 거야? 이래서 내가 전화를 안 받은 거야. 이래서 내가 집에 안 가는 거라고! 그래. 다 내가 병신 같아서 이러고 있는 거야. 됐어? 이젠 다신 전화하지 마. 해도 안 받을 거야!"

그제야 다급히 아들의 상한 감정을 배려하려는 기운이 묻어난 목소리가 들려왔다. 거기에는 분명 아들에게 내지른 비난을 후회하는 기색이 스며 있었다.

"전화 끊지 마. 무신아, 전화 끊지 마!"

그러나 그는 전화를 끊고 전원도 꺼버렸다.

'이래서 내가 전화를 안 받으려고 한 거야. 이래서! 다 내 잘못이라고 할 게 뻔해서! 다 내 잘못이라고? 다 내가 잘못해서 이렇게 된 거라고? 왜 나한테만 뭐라 그래! 왜 나한테만 뭐라 그러냐고!'

그는 일어나서 두 걸음만 걸으면 끝나는 좁은 방 안을 왔다갔다했다. 분이 가라앉지 않았다. 갑자기 방이 답답하게 느껴졌다. 밖으로 나가 신선한 공기를 마셔야겠다는 생각이 들었다.

밖으로 나오자 한결 나았다. 좁은 관 속에 고인 탁한 공기와는 다른 유동하는 기체의 흐름이 있었으니까. 그리 덥지도 않았다. 여름도 꺾이기 시작한 것이다.

발걸음이 자연스럽게 공원을 향했다. 아홉 시가 가까운 시간이었지만 공원에는 사람들이 많았다. 강아지를 산책시키는 여자, 수다를 떨며 걸음을 옮기는 뚱뚱한 아줌마들, 욕설을 섞어 가며 떠들어 대는 중학생 놈들, 어두운 한구석에 신문지인지 돗자리인지를 깔고 술을 마시는 중년 남자들. 무신은 그들에게 잠깐 눈길을 주었을 뿐 거닐기에만 전념했다. 별로 크지 않은 그 공원을 두 바퀴쯤 돌았을 때 불현듯 다시 연희 생각이 났다. 이번에는 자신의 제안이 얼마나 역겨운지에 대한 생각이었다.

'어머니 말처럼 나는 정말로 변변치 않은 놈이다. 잔인한 문자나 보낼 생각이나 하고.'

그것은 정말로 구역질 나는 생각이었다.

'이런 말도 안 되는 생각을 하다니…. 내가 이렇게까지 타락하다니!'

그러나 곧 다른 생각이 찾아왔다.

'인간이란 다 그런 거야. 너만 그런 게 아니라 다 구역질 나는 생각들을 품고 살아가는 거라고. 안 그런 척할 뿐이지, 다 속은 시커멓다고. 그리고 연희는 네 돈을 받지도 않았잖아. 받지도 않았는데 받은 다음에 보낼 문자에 대한 생각으로 자신을 질책할 이유가 뭐야? 문자는커녕 돈도 안 받았는데, 안 받겠다는데…. 하지만 마음이 바뀔 수도 있잖아. 만약 연희의 마음이 바뀐다면 그때도 그런 문자를 보낼 계획을 실행할 거야? 아니. 안 할 거야. 그런 짓 안 할 거야. 그냥 생각만 해본 것뿐이야. 생각만.'

순간 조금 다른 종류의 생각이 찾아들었다.

'만약에 연희가 마음을 바꿔 돈을 받겠다고 하면, 그래서 돈을 보내 주었다면, 그러고 나면 다음엔?'

그러자 마음속 어딘가에서 목소리가 들려왔다. 냉소적인 차가움과 집요하고 끈질긴 뜨거움이 섞인 조롱조의 음색으로.

'몰라서 물어? 죽는 거지.'

그는 피식 웃었다. 걸음이 조금씩 느려졌다. 공기는 한층 더 시원하고 쾌적해져 있었다. 반바지를 입은 한 남자가 멈춰선 그를 스쳐 지나갔다. 어둠속에선 귀뚜라미 울음소리가 한없이 계속되고 있었다.

21.

"무신아, 통화 괜찮아?"

"어."

명우의 전화가 반갑지 않은 건 아니었다. 그러나 찌뿌둥한 기분 때문인지 아니면 지난번 만남에서 명우가 늘어놓았던 설교에 대한 반감 때문이었는지 무신은 짧고 무뚝뚝한 어조로 대답했다.

"혹시 다음 주 토요일에, 이번 주 말고 다음 주 토요일 저녁에 시간 돼?"

"왜?"

"그날 저녁이나 같이 먹었으면 해서. 엊그젠 도진이까지 셋이라 얘기를 깊게 나누지 못했던 것 같은데."

"좋아."

좋다는 무신의 대답에 명우의 어조가 밝아졌다.

"이번엔 내가 그쪽으로 갈게. 타임스퀘어에서 보면 되겠네."

"그러자."

"그래. 그럼 토요일 여섯 시에 타임스퀘어에서 보는 걸로 하자. 다음 주에 다시 연락할게."

명우는 뭔가 더 말하고 싶은 듯 잠시 머뭇거렸으나 무신의 짧고 건조한 대답에 지금은 그 얘길 꺼낼 때가 아니라고 판단했는지 통화를 마무리 지었다. 휴대폰을 책상에 내려놓은 무신은 다시 생각에 들어갔다.

'명우 녀석, 또 신앙 얘기를 하려고 만나자는 거겠지. 뭐 좋다. 그런 얘기들 얼마든지 들어 주마. 어려운 일도 아닌데 뭐.'

배가 고팠다. 점심시간이 지나 있었다. 잠깐 고민하던 그는 이내 마음을 결정한 듯 몸을 일으켜 지갑과 휴대폰을 챙겨 들고 밖으로 나갔다. 햇살이 기세 좋게 내리쬐고 있었다. 그는 천천히 걸음을 옮겨 백반집으로 향했다. 느릿한 걸음과 함께 머릿속으로 어떤 계산을 하며.

음식점 안에는 서너 명의 손님이 있었다. 무신은 백

반을 주문한 후 테이블 위에 놓여 있던 신문을 펼쳐 들었다. 곧이어 음식이 나왔다. 뜨거운 김이 모락모락 올라오는 미역국과 풋풋한 열무김치, 장조림과 멸치볶음을 보자 식욕이 일었다. 그는 빠른 속도로 먹기 시작했다. 그러면서 생각했다.

'이런 맛있는 음식을 먹을 수 있다는 것만으로도 산다는 것은, 살아간다는 것은 지속할 만한 일이 아닐까….'

그는 그 뜬금없는 생각에 웃음이 나왔다. 이 무슨 난데없고 어이없는 생각인가. 그러나 어쨌든 식사는 만족스러웠다. 역시 한국 사람은 따뜻한 국물이 있어야 한다고 생각하며 그는 미역국을 쭉 들이켰다. 속이 따뜻해지는 느낌이 좋았다.

식사를 마치고 밖으로 나오자 다시 방으로 들어가기가 싫어졌다. 그래서 정처 없이 걷기로 했다. 오 분쯤 걸었을까, 저만치 앞에 있는 대형마트가 그의 눈에 들어왔다. 순간 마트 구석에 있는 서점에 가볼까 하는 생각이 들었다.

서점 안에는 사람이 거의 없었다.

"책 좀 읽어라. 쓸데없이 스마트폰이나 들여다보고 있지 말고."

그렇게 불특정 다수를 향한 혼잣말을 내뱉으며 그는 천천히 걸음을 옮겨 인문사회 분야 도서가 놓여 있는 곳으로 갔다. 진열된 책들을 천천히 살펴보았지만 흥미를 끄는 책은 없었다.

소설이 있는 쪽으로 걸음을 옮긴 그는 신간 소설들을 몇 장 넘겨 보곤 다시 내려놓고 하더니 이내 싫증을 느낀 듯 천천히 다른 곳으로 발걸음을 옮겼다. 그는 세계문학전집이 꽂혀 있는 서가 앞에 멈췄다. 천천히 제목들을 훑어보고 있는데 '캉디드'라는 글자가 눈에 들어왔다.

'캉디드? 이거 도진이 녀석이 말했던 책이잖아. 무슨 내용이지?'

그는 그 책을 뽑아들었다. 책은 어렵지 않게 술술 읽혔다. 그러나 읽으면 읽을수록 치솟는 알 수 없는 짜증을 느꼈다. 삼 분의 일이나 보았을까. 결국 읽던 책을 덮어 다시 서가에 꽂아 넣었다.

'말 같지도 않은 이야기가 너절하게 펼쳐지는 소설

이군.'

계속 서서 책을 봤더니 다리가 아파 왔다. 저쪽 편에
놓인 의자가 보였다. 그리로 걸어가 의자에 걸터앉았
다. 몇 시나 됐지? 시간을 확인하려고 휴대폰을 꺼냈는
데 문자가 와 있었다. 연희였다.

오빠. 어제 오빠 전화 받고 밤새 이런저런
생각들로 고민했어요. 오빠의 말이 고맙기도
했지만 부담스럽기도 했거든요. 지난번
만났을 때 애기하진 않았지만 임용 준비
계속해야 하나 고민 중이었어요. 엄마도
일하시는 거 많이 힘들어하시고 그래서…

아직 어떻게 해야 할지 결정하진 못했지만
오빠 도움 받는다면 마지막으로 한 번 더
도전해 볼 수 있겠다는 생각이 들었어요.
그래서 이렇게 문자 드리게 됐어요.

이어서 계좌번호와 다시 한 번 고마움을 표하는 문

구가 적혀 있었다. 무신은 한동안 그 문자를 들여다보았다. 그러자 갑작스레 연희가 안쓰럽게 느껴졌다. 아마도 쉽지 않은 일이었을 것이다. 자신의 사정을 털어놓고 계좌번호를 찍어 보내는 일이란 절대 쉽지 않은 법이니까. 그러나 그녀는 해냈다. 그의 선의를 믿으며.

그것은 선(善)에 대한 믿음이 있을 때만 가능한 행동이었다. 자신의 어려움을 도와줄 누군가의 선의에 대한 믿음이 있을 때만 가능한 행동.

그는 그녀의 행동에 보응해야 한다고 느꼈다. 마땅히 그러해야 한다고 느꼈다.

그는 은행 사이트에 접속해 그녀가 보내 온 계좌번호로 백만 원을 송금했다. 그리고 문자를 보냈다. 돈을 보냈다고, 필요한 곳에 유용하게 쓰이면 기쁠 거라고.

모든 과정은 오랜만에 그에게 만족감을 맛보게 해주었다. 가정이 몰락한 직후 발을 동동 구르던 어머니에게 생활비라며 힘겨운 노동의 결과물 중 절반을 드렸을 때 맛본 기쁨과 비슷했다. 또 어린이날 아침 칭얼대는 지아에게 안겨 준 '프린세스 미미의 집' 인형 선물세트가 가져다주었던 유사한 따스함을 가슴에 깃들게 해주었다.

얼마 안 있어 고마움을 표명하는 그녀의 답장이 도 착했다. 그는 답문을 보내지 않았다. 그러는 편이 나을 거라 생각했다. 일이 이렇게 된 것이 만족스러웠다. 최 근 몇 달 동안 일어난 일 중 가장 좋은 사건이었다고 생 각했다.

그의 만족에는 순수한 선의 감정만 있었던 것은 아 니었다. 그가 스스로 들여다보고 경악했던 쾌감, 그녀 에게 돈을 줌으로써 그녀보다 우월한 자리에 자신을 위 치시킬 수 있다는, 아울러 그녀에게 모종의 굴욕감을 선사할 수 있다는 즐거움도 분명 있었다.

몸을 일으킨 그는 서점 밖으로 걸어 나왔다. 길 건너 편에는 공원이 있었다. 그는 공원을 향해 발걸음을 옮 겼다.

22.

그다음 일주일은 무신의 번뇌가 지난 반년의 시간

을 통틀어 가장 힘을 발휘하지 못한 날들이었다. 여전히 날씨는 푹푹 쪘고 짜증 나게 하는 자잘한 사건이 있기도 했지만 웬일인지 그는 평소와 다르게 그런 것들에 신경질적으로 반응하지 않았다. 저녁 늦은 시간 지치지도 않고 계속되는 옆방 사내의 전화 통화가 시작되면 그는 조용히 방을 나가 거리를 산책했고, 이달치 방값 지불을 서둘러 달라는 고시원 총무의 유쾌하지 않은 요청에도 알겠다고 짧게 대답했을 뿐 특별한 스트레스를 받지 않았다.

돈은 이제 삼십만 원 정도 남았다. 방값을 치르고 나면 수중엔 아무것도 없게 된다. 다시 생존을 위한 지겨운 노동으로 발걸음을 옮겨야 하는가? 이상하게도 그것에 대해서는 별로 고민이 되지 않았다. 며칠 동안 버틸 돈밖에 없으면서도 그럴 수 있다는 게 스스로도 신기했다.

풀려고 했다가 오히려 더 꼬인 가족과의 관계에 대한 생각도 불쑥 찾아들곤 했는데 그러면 그는 웃었다. 초연함을 가장한 슬픔이 감춰져 있는 웃음이었다. 그는 그런 웃음을 지은 다음엔 이렇게 중얼거렸다.

"그들에게는 그들의 삶이 있을 것이다."

이상스러울 만큼 평온한 며칠이 지나간 어느 날, 기대하지 않았던 전화가 걸려왔다.

"혹시 지금 시간 괜찮아? 일이 있어 서울 나왔다가 일산으로 돌아가는 길인데, 괜찮다면 저녁이라도 같이 먹고 싶은데."

휴대폰 너머로 들려오는 도진의 목소리는 평소와 다름없이 가늘고 차분했다.

도진과의 만남은 그다지 즐거운 일이 아니었다. 그것은 도진을 처음 안 이래 일관되게 지속된 무신의 심리적 경향이었다. 그러나 오늘은 좀 달랐다. 지난번 도진과 만났을 때 나온 이야기들은 무신의 생각에 어떤 흔적을 남겼다. 그 흔적을 보다 선명하게 만들어 보고 싶다는 충동이 일었다.

"괜찮아. 지금 어딘데?"

"강남. 영등포역으로 가면 되지?"

"어."

"그럼 삼십 분 뒤에 영등포역 앞 광장에서 보자."

전화를 끊으며 무신은 자신이 도진의 연락을 반가워

하고 있음을 느꼈다. 그 반가움은 지난번 명우와의 만남을 앞두고 가졌던 기대감, 명우와 이야기를 나누면 삶의 방향을 설정하는 데 도움을 받게 될 거라고 생각했던 것과 비슷한 무엇이었다. 도진을 그토록 싫어했던 그였는데도 말이다.

침대에 걸터앉아 십 분쯤 이런저런 생각을 이어 가던 그는 천천히 일어나 휴대폰과 지갑을 챙겨 들고 방을 나섰다. 맞은 편에서 고시원을 향해 걸어오는 황씨의 얼굴이 보였다. 활명수 사건 이후 약간의 부드러운 감정을 지니게 된 무신은 언제나와 마찬가지로 먼저 다가와 인사를 건넬 황씨의 행동에 친절히 반응할 준비를 했다. 그런데 황씨는 그 준비를 무색하게 했다. 인사 한마디 없이 멍한 표정으로 그를 지나쳐 고시원으로 들어가 버린 것이다.

'뭐야?'

의외의 행동에 이상함을 느낀 무신은 걸음을 멈추고 황씨가 들어간 고시원 출입구를 바라보았다. 그는 이미 건물 안으로 사라졌다.

'분명히 날 본 것 같았는데?'

살짝 짜증이 올라왔다. 귀찮게 들러붙을 때는 언제고, 아는 척도 안 해?

그러나 그것은 중요한 일이 아니었다. 실제로 무신은 오 분도 지나지 않아 황씨도, 황씨의 이상한 행동도, 그 행동이 불러일으킨 짜증도 잊어버렸다. 주위에 펼쳐진 매력 없는 풍경을 보며 좀처럼 한곳에 머물지 않는 상념과 함께 발걸음을 내딛을 뿐이었다.

타임스퀘어에서 영등포역으로 이어지는 길목에 접어들었을 때 웬 삼십 대 후반의 초라한 행색을 한 남자가 다가와 말했다.

"저기요… 라면 사먹으려고 하는데 동전밖에 없어서… 천 원만 주세요."

노숙자나 걸인은 아닌 듯했다.

'왜 이런 사람이 돈을 구걸하지?'

무신은 멈추지 않고 계속 걸음을 옮겼다. 남자는 무신을 따라오며 쑥스럽고 부자연스러운 얼굴로 뭐라고 더 중얼거렸다. 그러다 무신에게서는 돈을 받아 내겠다는 목적을 달성할 수 없다고 생각했는지 걸음을 멈추더니 뒤돌아서 가려 했다. 그 순간, 갑자기 무신의 마음속에 그 남자에게 돈을 줘야겠다는 생각이 들었다. 그는 몸을 돌리며 말했다.

"저기요!"

무신은 지갑을 꺼냈다. 남자는 비굴해 보이는 얼굴로 무신과 무신의 손에 들린 지갑을 번갈아 보았다. 그리고 말했다.

"감사합니다."

천 원짜리 지폐를 꺼내 남자에게 건네자 남자는 또다시 "감사합니다" 하고 중얼거리며 돈을 받아들었다. 다시 걸음을 떼려는 순간 무신의 마음속에 이런 생각이 찾아들었다.

'저 보잘것없고 불쌍한 남자한테 좀더 줘도 상관없지 않겠어?'

무신은 뒤돌아 가려는 남자를 다시 불렀다. 그리고 지갑에서 만 원짜리 지폐를 한 장 꺼내 그에게 건넸다.

"아저씨, 이걸로 라면 말고 밥 사드세요."

남자의 눈이 휘둥그레졌다. 그러곤 떨리는 손으로 그 돈을 받았다.

"정말 고맙습니다."

"제대로 된 음식 사드세요."

몸을 돌려 걸음을 옮기는 무신에게 남자는 넙죽 허리를 숙여 인사했다. 무신은 걸음을 빨리해 영등포역 광장으로 향했다.

퇴근 시간을 조금 앞둔 시점이라 광장이 붐비지는 않았다. 물론 오가는 사람들은 꽤 있었다. 누군가 소리를 질러 고개를 돌려 보니 저쪽 구석에서 노숙자로 보이는 할아버지와 환경미화원 사이에 작은 실랑이가 벌어진 것 같았다. 그때였다.

"벌써 와 있었군." 하얀 얼굴에 잘 어울리는 검은색 피케셔츠를 입은 도진이 말했다. "잘 지냈어?"

"그럭저럭. 너는?" 무신이 퉁명스러운 어조로 대답했다.

"나도 뭐 그럭저럭." 뭐가 즐거운지 얼굴에 엷은 미소를 띤 채로 도진이 말했다.

"글은 잘 쓰고 있냐?"

"지난번 만났을 때 나온 얘기에서 착안한 소설을 쓰고 있는 중이야."

"그래?" 무신은 애써 관심 없다는 표정을 지었다.

"잠정적인 제목은 '우리 시대의 영웅'이야. 진부한 제목이지. 우선 붙여 놓은 거고 완성되면 바꿀 거야. 제목이 정해지지 않으면 글이 나가질 않아서."

"우리 시대의 영웅? 거창한 제목이군." 무신이 여전히 퉁명스런 어조로 말했다. "그래, 우리 시대의 영웅은 어떤 성취를 거두지?"

그 말에 도진이 씩 웃었다. 알면서 왜 그런 걸 묻느냐는 얼굴로. 그러고는 대답했다.

"자살이지."

한줄기 바람이 불어왔다. 도진은 계속 말했다.

"캉디드는 밀어 놓고 이걸 먼저 쓰기로 했어. 원래는 원고지 200매 정도의 중편을 생각했는데, 쓰다 보니 장편으로 가는 게 맞다는 생각이 들더라고. 장편으로 가자면 여러 이야기와 함께 디테일이 중요해지는데, 그래서 서울 나온 김에 소설의 무대가 될 영등포도 둘러보고 너도 만나고 할 겸 이렇게 보자고 한 거야."

그는 잠깐 말을 멈추더니 천천히 주변을 둘러보았다. 거대한 백화점 건물과 전철 역사, 한구석에 서 있는 노숙자와 바쁘게 오가는 시민들, 여의도로 이어지는 대로를 달리는 자동차들의 소음과 매연, 건너편 도로 양 옆의 인도를 따라 줄지어 늘어선 노점들. 그 모든 것을 찬찬히 바라보던 그가 이내 엷은 미소를 띠며 말했다.

"우리 시대의 영웅이 배출될 최적의 장소야, 영등포 는."

"그게 무슨 뜻이야?"

"그러니까," 도진은 눈을 살짝 찡긋거리곤 계속 말했다. "도스토옙스키의 주인공들에게 페테르부르크의 뒷골목이 있었다면, 우리의 영웅에겐 영등포가 있을 거라는 말이지. 21세기 대한민국의 라스콜리니코프가 살아가는 벽장 같은 하숙집은 바로 영등포의 좁디좁은 고시원이 될 거야. 생각해 봐. 쪽방촌, 사창가, 고시원과 마천루, 쇼핑몰이 혼재된 이 공간을. 부와 빈곤, 욕망과 실망, 희망과 절망이 뒤범벅된 이 혼돈은 얼마나 매력적인지!"

'자식, 또 헛소리 내뱉기 시작했네.' 그렇게 생각하며 무신은 아무 대답도 하지 않았다. 그러나 도진의 말에는 무신의 마음을 끄는 구석이 있었다. 도진은 개의치 않고 한참 더 주위의 여러 사물을 꼼꼼히 관찰했다. 그러곤 이내 만족한 듯 가볍게 고개를 끄덕이며 말했다.

"저녁 먹으러 가야지."

그들은 먹자골목으로 향했다.

"뭐 먹을까?" 도진이 물었다.

"아무거나."

그 대답에 뭐가 즐거운지 도진은 싱긋 웃었다.

23.

그들은 해물탕집으로 들어갔다. 구석 테이블에 자리 잡은 그들에게 메뉴판과 물수건을 든 점원이 왔다. 음식을 주문한 후 도진이 물었다.

"네가 살고 있는 고시원은 어느 쪽에 있어?"

"왜? 한번 보고 싶어서?"

도진은 그렇다는 건지 아닌지 알 수 없는 얼굴로 아무 말이 없었다.

"미안하지만 그건 사양하겠어. 별로 보여 주고 싶은 공간은 아니니까." 손을 닦은 물수건을 테이블 위에 내려놓으며 무신이 말했다.

"널 불편하게 하고 싶은 생각은 없어. 꼭 거기 아니
더라도 고시원이란 다 거기서 거길 테니까."

"거기서 거기? 아직 고시원의 다양성에 대해 모르는
군. 내가 있는 곳은 지은 지 삼십 년 된 건물이야. 강남
이나 신촌에 있는 고시원들은 특급 호텔로 보일 만큼
낡고 어두침침한 곳이지. 사람 한 명 간신히 지나다닐
수 있는 좁은 복도를 지나 문을 열고 들어가면 방이 있
어. 내 방은 창문이 없어 항상 캄캄해. 항상. 방에 들어
서서 팔을 옆으로 쭉 뻗으면 양쪽 벽이 손바닥에 닿지.
두 발짝 내딛으면 방 이 끝에서 저 끝까지 갈 수 있고.
아주 쾌적한 쪽방이야." 그렇게 말하며 무신은 웃었다.
"사람에게 얼마만큼의 주거공간이 필요한지 정확히 모
르겠지만 내가 분명하게 아는 게 있지. 내가 지금 살고
있는 방의 크기는 절대로 아니라는 거야. 여기는 사람
을 병들게 해. 정신적, 육체적으로 모두. 나는 저녁을 먹
으면 항상 공원으로 나가. 영등포의 공원은 내가 좋아
하는 모습을 지니고 있진 않지만 적어도 고시원 방보단
훨씬 낫거든. 일단 두 걸음 이상 걸을 수 있으니까."

무신의 말을 가만히 듣고 있던 도진이 중얼거렸다.

"서대문 형무소의 지하 독방이 떠오르는군."

무신이 웃음을 터뜨렸다.

"그거 적절한 비유네! 하지만 난 그보단 '관'이라고 부르고 싶어." 갑자기 무신의 머릿속에 어떤 생각들이 스쳐 갔다. "여기 사는 사람 중에 황씨 아저씨란 사람이 있어. 전에 부사관이었던 사십 대 중반의 남잔데 전형적인 인생의 낙오자지. 그렇지만 본성은 좋은 사람이야. 두꺼비를 닮았다는 게 흠이지만!" 그렇게 말하며 무신은 또다시 웃음을 터뜨렸다.

"두꺼비?" 도진이 물었다.

"그래, 두꺼비."

음식이 나왔다. 해물탕은 지나치게 매웠다. 무신은 밑반찬으로 나온 감자 샐러드에 연신 숟가락을 가져가며 "이게 맛있군" 하고 말했다.

"두꺼비를 닮은 사십 대 중반의 전직 부사관이라… 재밌는데. 다소 전형적인 느낌이 들긴 하지만."

"전형적인 느낌?"

"소설에 등장시킨다면 말이야." 도진이 웃으며 대답

했다.

"소설엔 원래 전형적인 인물도 한두 명 등장하지 않나?"

"그렇긴 하지." 도진이 고개를 끄덕이며 말했다.

"근데 이 두꺼비 아저씨는 말이야, 순박하고 오지랖 넓은 거는 다 괜찮은데 결정적으로 한 가지가 마음에 안 들어."

"한 가지? 어떤 거?"

"음탕함이라고나 할까."

"음탕함? 좀더 구체적으로 말하면?"

"그러니까… 지저분한 쾌락에서 삶의 위안을 찾는 다고 할까, 뭐 그런 거. 안 됐고 불쌍한데, 어떤 숨겨진 측면을 보는 순간 그런 마음을 싹 가시게 만드는."

도진이 고개를 끄덕이며 말했다.

"어떤 건지 알겠군. 그래도 그들에게 그 정도의 위안은 필요하다고 할 수 있지 않을까? 그게 없다면 그들은 그들답게 느껴지지 않을 거야."

"전라도 어딘가에 어머니가 있다고 하더군. 혼자 늙어 가는 아들이 빨리 장가가서 행복하게 살기를 바라는 어머니가."

"또 한번 전형적이군." 도진이 피식거리며 말했다. "도시 쪽방에서 비루한 삶을 이어 가는 아들과 그런 아들을 걱정하는 시골의 노모. 라스콜리니코프와 그의 어머니 풀헤리야 알렉산드로브나처럼 말이야."

천천히 우물거리던 음식을 삼킨 무신이 말했다.

"나한테 묻더라고. 어머니를 얼마나 자주 찾아뵙느냐고."

"그래서 뭐라고 대답했어?"

"찾아가지 않은 지 오래라고 했지."

"그랬더니?"

"동질감을 느끼는 거 같더군. 자기와 내가 같은 종류의 인간이라고 생각했는지 말이야."

그 말을 들은 도진이 웃음을 터뜨렸다. 그 웃음은 이렇게 말하고 있는 것 같았다. 한 두꺼비가 또 다른 두꺼비를 제대로 알아봤네!

"웃지 마! 젠장, 웃지 말라고!"

"아, 미안, 미안해." 도진이 천천히 얼굴에서 웃음기를 거두며 말했다. "그 두꺼비 참 재밌군. 근데…."

갑자기 말을 멈춘 도진에게 무신이 다그치듯 물었다.

"근데 뭐?"

"그 두꺼비를 너무 미워하지는 않았으면 좋겠는데. 왜냐면…"

도진의 말을 자르며 무신이 말했다.

"미워하지 않아."

그 말에 도진이 가볍게 웃었다.

"내가 보기엔 그 사람도 피해자야. 불쌍한 피해자. 우리 사회는 그런 사람들을 희생시켜서 여기까지 온 거야. 그런 이들이 없었다면 절대로 여기까지 못 왔지. 그 사람 고향은 전라도 어느 시골이겠지? 고등학교를 마치고 일이 년 이런저런 일을 하다 군대에 끌려갔을 테고. 그러다 부사관으로 지원해 한 십 년 군대에서 썩다가 전역을 하게 됐을 거고. 그리고 먹고살기 위해 서울로 와 또 이런저런 일을 하며 오늘까지 살아왔겠지. 어때? 전형적인 대한민국 무산계급의 인생 사이클을 보는 것 같지 않아? 주변부 지역에서 태어나 하층 직업군에서 딱 필요한 정도만큼의 교육을 받고 어느 정도 그 일을 수행하다 효용가치가 떨어진다고 생각되는 순간 내쳐짐을 당해 중년 이후의 인생은 알아서 살도록 방치되는 사이클 말이야. 그의 처지가 지금의 지경에 이르게 된 건 결코 그만의 잘못이 아니야. 대한민국이란 정글은 그런 사람이 다수일 수밖에 없는 가혹한 곳이니까. 그러니 그 순박하고 오지랖 넓은 두꺼비를 너무 미워하지는 말자구."

도진의 말을 인내심 있게 듣고 있던 무신이 외쳤다.

"미워하지 않는다고!"

도진이 씩 웃으며 말했다.

"아, 그랬지."

도진은 음식에 별로 손을 대지 않았다. 무신은 그런 그를 신경 쓰지 않고 천천히 자기 앞에 놓인 음식을 먹었다. 말없이 그 모습을 바라보고 있던 도진이 갑자기 무슨 생각이 떠오른 듯 다시 입을 열었다.

"근데 최상위 포식자의 지나친 탐욕은 생태계에 돌이킬 수 없는 타격을 입힐 수도 있지. 포식자 자신의 생명까지 위태롭게 하는 생태계의 붕괴 같은."

'그래 지껄여라. 나는 먹을 테니.' 그렇게 생각하며 무신은 여전히 먹기만 했다.

"그 붕괴는 이미 시작됐어!"

'네 장광설도 시작됐지.'

"지난 수십 년간 서울은, 수도권은 지방의 젊은 인구를 끌어들여 발전을 유지했지. 그러나 이제 축제는 끝났어. 이젠 지방뿐 아니라 수도권에서도 빈방이 늘어나는 시대가 올 거야. 네가 지금 살고 있는 고시원 같은 곳이 텅텅 비는 시대가 올 거라고. 물론 그 시작은 지방부터지. 그러나 머지않아 대한민국 전체가 비어 가게 될 거야. 통계청의 분석결과만 봐도 앞으로 십오 년 뒤부턴 인구가 줄어들기 시작해 2050, 60년쯤엔 칠백만 명이 빠지지. 우리보다 먼저 저출산 고령화 현상을 보인 일본은 2010년에서 2015년 사이에 백만이나 인구가 줄었어. 국가적 쪼그라듦이 시작된 거지. 아직 도쿄와 수도권은 괜찮지만 머지않아 거기도 쪼그라들게 될 거야. 도쿄에 산다고 늙지 않거나 죽지 않는 건 아니니까. 이런 일본의 양상을 우리는 더 빠르고 강력하게 겪게 될 거야. 앞으로 다가오는 삼사십 년에.

어떤 면에선 그때까지 살아남은 사람은 살기 좋아질지도 모르지. 우리 세대는 거의 해당되지 않겠지만 말이야. 중세 유럽에서 흑사병이 돌았을 때 영국 같은 나라는 전체 인구의 절반 정도가 죽었어. 그럼 살아남은 사람들은 어떻게 됐나? 살기 좋아졌지. 땅은 그대론데 농사지을 사람이 절반으로 줄었으니까. 토지 소유주는 소작농에게 예전보다 훨씬 좋은 조건으로 계약을 맺어줘야 간신히 땅을 놀리지 않을 수 있었지. 요즘으로 말하자면 기업이 사람을 채용 못해서 연봉을 훨씬 올려줘야만 간신히 사업을 지속시킬 수 있게 되었단 뜻이지. 물론 이에 대한 자본가들의 대응책이 없는 건 아니야. 이를테면 외국인 이민자를 대량으로 받아들여 인구 감소분을 충당하는 것 같은 방법이 있지. 그런 시도들이 현재도 진행되고 있고. 그러나 그럼에도 오백만 이상의 인구가 사라진다는 건, 남은 사람들의 경쟁이 완화되고 삶의 질이 개선되는 방향으로 사회가 나아가도록 하는 압력이 될 거야. 한국사회가 쪼그라든 시대에 태어난 자, 그러니까 2040년쯤 태어난 아이들은 현재보다 훨씬 완화된 경쟁 속에서 살아갈 수 있게 될 거야. 물론 모든 상황이 바람직한 방향으로 흘렀을 때를 가정해 말하는 거지만 말이야. 어쩌면 미래는 전혀 다르게 흘러갈 수도 있지. 한국사회가 현재 직면한 문제들을 현명하게 극복하지 못하고 더욱더 승자독식, 부의 세습, 양극화의 길로 내달린다면 아예 사회구조 자체가 이중화된 필리핀 같은 모양으로 변할 수도 있으니까."

어느 순간부터 도진의 말을 주의 깊게 듣고 있던 무신이 말했다.

"내가 보기엔 네가 말한 바람직한 방향, 2040년쯤엔 대다수의 아이들이 지금과는 다른 행복한 삶을 살 수 있는 괜찮은 사회보단 남미나 필리핀 쪽으로 갈 거 같은데."

"그럴 수도."

"그게 훨씬 가능성이 높은 미래 아닐까? 현재의 상황으로 봐선."

"대한민국 사회 전체를 하나의 개체로 봤을 때, 국민 한 명 한 명은 하나의 세포라고 할 수 있지. 하나의 개체가 존속하기 위해선 지속적인 세포분열이 이루어져야 하는데, 다른 말로 젊은 세대의 결혼과 인구 재생산이 이루어져야 하는데, 결혼을 하지 않거나 자녀를 낳지 않는다면 개체는 축소되고 종국적으론 지속될 수 없게 되지. 난 현재의 미혼과 저출산 현상을 일종의 소극적 저항이라고 봐. 결국엔 남미나 필리핀형으로 갈 미래의 대한민국에서 자기 자녀를 살게 하지 않겠다는 젊은 층의 소극적 저항."

"그러니까 결국 너도 이 나라의 미래에 대해 부정적으로 전망한다는 말이군."

"가능성은 반반이야. 아까 말했던 바람직한 방향으로 가지 말란 법도 없으니까. 상식 있고 양심 있는 정치가라면, 국가를 그런 방향으로 이끌어 가기 위해 노력하지 않겠어?"

그렇게 말하며 그는 히죽 웃었다. 그 웃음은 '근데 상식 있고 양심 있는 정치가가 있었던가?'라고 말하는 것 같았다.

"상식 없고 양심 없는 정치가라도 2040년쯤엔… (그는 또다시 히죽거렸다) 꽤 골치 아플 거야. 인구는 줄지, 경제 규모는 작아지지, 노인은 폭증하지. 이런 구조에선 양심이 있든 없든 출산장려, 사회보장 확대로 갈 수밖에 없거든. 기득권을 지닌 이들이 그토록 부르짖는 국가 경쟁력을 유지하기 위해서라도, 다시 말해 자신들의 이익을 위해서라도. 그러니 그때는 정치계에 있든 기업을 소유하고 있든 진짜 국가와 국민을 위해, 썩 적절한 용어는 아니지만 '봉사'할 수밖에 없게 되지 않겠어? 물론 안 그럴 수도 있겠지만. 아예 더 지금 이상으로 기득권을 가진 소수가 다 해먹는 구조로 갈 수도 있으니까 말이야. 어쨌든 분명한 건 대한민국이 현재의 세계 체제에서 점하고 있는 역할과 지위를 지켜 가기 위해선, 아주 단순하게 얘기하자면 삼성전자나 현대자동차가 세계를 상대로 내다파는 상품들과 기타 엔터테인먼트 산업이나 화장품 산업들의 시장 경쟁력을 유지하기 위해선 복지국가를 만들어 일정 수준의 노동자들이 꾸준히 양질의 노동력을 제공하도록 하는 길 외에는 뚜렷한 대안이 보이지 않는다고 할 수 있지."

"양질의 노동력 공급과 복지국가가 무슨 관계가 있지? 현재도 많은 생산 공정은 로봇에 의해 이루어지고 있고 그 사이사이에 필요한 인간의 노동은 엄청나게 뛰어난 능력을 요하는 것 같지도 않은데. 그리고 제조업 제품 생산에 꼭 국내 노동력을 활용해야 되는 건 아니잖아. 지금도 그렇지만 중국이나 베트남에 공장을 세워

서 거기서 만들면 되는 거 아니야? 자본을 소유한 자들
이 그런 방식으로 대응한다고 보는 게 더 맞지 않겠어?
대한민국의 인구가 줄어들고, 노동력이 귀해져 노동에
대한 보상을 더 많이 해줘야 생산시설을 유지할 수 있
게 된다면 대한민국 밖으로 생산시설을 옮기면 되는 거
아니냐고."

　"그렇게 단순한 문제가 아니야. 대한민국 국적의 기
업이 아예 뿌리를 다른 나라로 옮길 게 아니라면 이곳
에서 핵심적인 사업 수행의 대부분을 진행해야 하거든.
우리가 관념적으로 생각하기에 국적을 초월해, 국경과
상관없이 활동을 벌이고 있는 것처럼 보이는 글로벌 기
업들도 실은 그들의 사업 활동의 핵심적인 영역들, 이
를테면 연구개발이나 경영과 관련한 중요한 의사결정
은 대부분 자국에서 수행하고 있어. 그러니까 글로벌
기업의 국적은 우리가 생각하는 것 이상으로 그 기업의
존재에 막대한 영향을 끼친다고 할 수 있지. 좀더 정확
히 말해서 한 나라의 산업 발전 수준이나 인프라 구축
수준, 양질의 교육을 받은 노동자를 지속적으로 공급해
줄 수 있는 역량 따위가 갖춰졌을 때 글로벌 기업이라

는 게 나올 수 있다는 말이야. 국제 시장에서 경쟁력 있는 선도적이고 혁신적인 기업이 출현하고 발전해 가기 위해선 그 기업이 속한 사회의 수준이 높아야 하지. 높은 수준의 인력을 공급해 줄 수 있는 사회가 존재해야 한다고. 혁신적이고 창의적인 생각을 하기 위해선 단순히 먹고사는 생존 차원을 넘어서 충분한 휴식과 여가, 문화생활을 즐기며 예술적, 인문학적 자극들과 접촉해야만 해. 그런 자극들과 지속적으로 접촉하며 성장하게 된, 그래서 창조적인 발상을 할 수 있게 된 노동 인력들이 적지 않게 존재해야 한다고. 근데 매일 야근하고 죽도록 일해 간신히 먹고사는 노동자가 대다수인 나라에서 그게 가능할까? 어려울걸. 스웨덴이나 노르웨이 같은 복지국가는 여러 제도를 통해 사회 구성원 모두에게 생존을 위한 경제적 압박으로부터 자유를 주고자 시도했지. 물론 모든 사회 구성원이 밥벌이로부터, 경제적 필요를 위한 비자발적 노동으로부터 해방된다는 것은 달성 불가능한 목표야. 그러나 북유럽 국가들은 어느 나라보다 그 목표에 가까이 다가섰다고 할 수 있지. 이 노력의 결과는 예상대로 노동자들의 자질과 생산성 향상을 가져왔어. 국가에서 대학교육까지 무상으로 제공했더니 노동자들이 공부를 하고 자기개발을 해 국가적 생산성 향상에 기여하더라 이 말이야. 대한민국이 향후에도 계속 현재 수준의 국제 경쟁력을 유지하려면 이런 구조로 가는 방향으로 정책을 펼쳐야 하고 그에 맞는 가장 확실하고 검증된 방향이 바로 복지국가라는 거야. 그래서 양심 있고 상식 있는 세력이 앞으로 이삼십 년 동안 정권을 잡게 된다면 그 방향으로 정책을 펼치게 될 거란 거고.

그러나 중요한 것은, (거기까지 말한 도진은 입꼬리를 올리며 웃었다) 그렇게 되든 되지 않든 우리 세대는, 청춘의 시대를 살아가는 우리는 어쩔 수 없이 인구적, 경제적 양상이 파국으로 치닫는 시대의 희생양으로 평생을 살아가게 될 거란 거야. 마치 1910년대에 태어난 독일인들이 2차 세계대전의 전화에 휩쓸려 자신의 청춘을 폭력과 살인으로 불태워 버리고 소련군이나 미군에 의해 죽거나 혹은 살아남아도 전후복구의 노동과 전범국가 국민이라는 수치를 당하며 늘그막에야 라인강의 기적으로 불리는 전후부흥의 자부심을 잠깐 느낀 후 무덤에 묻히

게 되는 것처럼 말이야. 말하자면 나는, 너와 내가 포함된 우리 시대의 청춘에 대해선, 그들의 인생에 대해선 비관적인 전망을 갖고 있어."

가늘고 차분한 목소리로 길게 이어진 도진의 말을 듣고 있던 무신이 무언가를 생각하더니 물었다.

"근데 왜 청년들은, 우리 세대는 소극적 저항으로만 일관하는 거지? 왜 아예 판을 엎어 버릴 생각은 못하는 거냐고. 아니, 그런 생각을 해도 그건 절대 불가능한 일로 느껴지는 이유는 뭐지?"

"너무 파편화돼 있기 때문이야. 또 경제적인 측면에선 대출 시스템이 일종의 완충 역할을 하고 있기도 하고."

"완충 역할?"

"학자금 대출이나 전세자금 대출, 신용카드 현금서비스 기능을 생각해 봐. 이런 류의 금융 시스템이 존재하지 않았다면 대한민국의 경제체제는 지금까지 지속될 수 없었을 거야. 인간이란 어쨌든 당장의 빵 문제가 해결된다면 웬만해선 위험한 도전은 하지 않으려고 하는 존재니까. 그 빵을 따라가는 길이 종국에는 낭떠러지로 연결돼 있다 하더라도 말이야. 지금의 가계대출 문제란 바로 그 낭떠러지 끝에 다다른 걸 깨달은 거야. 부채로 만들어진 인위적인 완충지대는 영원할 수 없지. 언젠가는 빚을 진 사람이 그 대가를 치러야만 하지. 그런데 당장 급하니까 뒷일은 생각지 않고 계속 가져다 쓰다가 임계치에 다다른 순간 깜짝 놀라며 공황상태에 빠지게 되지. 어쨌든 21세기 초반인 현재까지는, 그런 금융적인 개입으로 한국경제가 어느 정도 지탱되고 있다고 할 수 있지. 이제 곧 붕괴될 거지만."

거기까지 말한 도진은 목이 마른지 옆에 있던 물병을 들어 컵에 물을 가득 따라 마셨다. 컵을 내려놓은 그는 다시 말하기 시작했다.

"엔터테인먼트 산업도 문제야. 개인이, 젊은이가 적극적으로 체제를 개혁하려고 나서지 않게 하는 기제의 하나로 말이야. 이건 일종의 마취제라고 할 수 있는데 아주 역사가 오래된 마취제지. 고대 로마제국의 원형 경기장에서 제공되던 볼거리들이 그 원조라고 할 수 있으니까. 21세기 초반의 대한민국은 이런 마취제를 수요자들에게 아주 싼 가격에 거의 무한대로 공급해 줄 수 있는 능력이 있지. 그것이 우리 세대가 이 우울한 현실에서 혁명에 나서지 않고 그렇다고 자살하거나 하지도 않고 꾸역꾸역 살아갈 수 있는 이유 중 하나지. 우리 세대의 엔터테인먼트에 대한 접근성은 이전 세대와는 비교할 수 없을 정도야. 우리는 자기 방에서, 지하철에서, 캠핑장의 텐트 안에서, 상상할 수 있는 거의 모든 곳에서 스마트폰으로, 태블릿으로 수많은 예능과 드라마, 게임을 즐기지. 출근하며, 퇴근하며, 퇴근한 후, 휴가 가서. 그러나 그것은 일종의 마취제일 뿐 현실의 무게는 여전히 어깨를 짓누르고 있음을 느끼게 되지."

무신은 언젠가 자신도 그와 비슷한 생각을 한 적이 있는 걸 기억했다. 그런 마취제에 취한 삶에 대해 강한 반감을 느꼈던 것도.

"파편화된 데서 기인한 무기력함으로 완충제에 기대고 마취제에 취한 채로 흘러가는 인생이란 결코 강건한 지성인이 추구해야 할 삶의 모습이 아니야. 그렇다면 대안은? 연대와 행동, 거부와 창조지."

"구체적으로 말하자면?"

"일단 만나야 돼. 페이스북에 셀카 찍어 올리며 '좋

아요' 개수나 세고 있을 게 아니라. 게임이나 영화에 빠져 혼자 낄낄대고 있을 게 아니라 얼굴과 얼굴을 맞대고 대화를 나눠야 한다고. 어떤 주제든 좋아. 정치, 경제, 사회, 문화, 살아가는 얘기, 어떤 것이라도. 바로 그런 얘기들 속에서 의식의 변화가 일어나는 거니까. 아주 사소해 보이는 논쟁 속에서 한 개인의 진실된 자아가, 올바른 정치의식이 깨어나는 법이니까. 그리고 거부해야 돼. 인간을 노예화시키는 경제 시스템에 대해서 말이야."

"어떻게?"

"빚에 종속되는 삶을 거부하는 거지. 학자금 대출을 생각해 봐. 그것은 경제적 종속을 의미해. 수백만, 수천만 원에 달하는 빚은 주체적 삶을 방해한다고. 그런 빚을 짊어진 청춘은 절대로 자신의 인생을 주체적으로 살 수 없어. 빚진 자는 계속해서 쫓기게 되지. 압박감을 느끼게 된다고. 그래서 비정규직 같은 질 낮은 일자리라도 일단 선택하게 되고. 그러나 그런 일자리로는 결코 미래가 보이지 않지. 그러면 분노와 무력감을 느끼게 돼. 그 분노와 무력감을 달래기 위해 마취제를 찾게 되고, 마취제에 취하면 어쨌든 위안을 얻으면서 생기 없는 삶을 지속할 수 있게 되지. 천천히 소진되어 퇴출될 때까지. 삶의 목적은 사라지고 그저 살아가는 것 자체가 목적이 되는 인생. 노예적 삶! 그것이 우리 시대 다수의 한국인들이 살아가는 삶의 모습이고, 우리 시대 다수의 한국인들이 불행한 이유야."

"빚이라는 게 인생을 어떻게 망가뜨리는지는 내가 더 잘 알아. 그런데도 그런 선택을 내리는 건 다른 대안이 없기 때문이야. 다른 방법이 없기 때문이라고! 현재의 한국사회에서 대학교육을 거치지 않고 사회를 개혁할 수 있는 영향력을 얻을 수 있다고 생각해?"

"대학교육에 대한 관점을 바꿀 필요가 있지. 왜 깊이 있는 공부를 하고 자신을 성숙시켜 가는 데 대학교육이 필수적이라고 믿는 거지? 실제로 대다수의 한국 대학은 치열한 학문 연구 대신 취업 시장에서 유리한 스펙 쌓기의 장이 되지 않았나? 거기에 수천만 원을 들여, 이십 대의 보석 같은 날들을 바쳐 반드시 참여해야 할 필요가 있나?"

"현실이 요구하고 있잖아! 대학 졸업장 없이 어떤

괜찮은 일자리를 얻을 수 있지? 어떻게 그것 없이 이 사회를 뒤집어엎을 영향력을 얻을 수 있냐고!"

"그렇게 생각한다면 빚을 지지 않고, 예전에 네가 했던 것처럼 노동을 해서 등록금을 벌어야겠지. 그러나 육체적으로 지치고 시간도 많이 소모되는 그 방법이 아니더라도 자신의 완성과 학문적 성숙, 사회적 영향력을 끼칠 수 있는 실력을 쌓는 길은 존재한다는 걸 알아야 해."

"너는 지금 현실의 상황을 무시하고 있어. 네가 주장하는 것들은 관념적인 생각이야. 거기다 네 말처럼 어떤 사람이 대학교육을 무시하고 독학을 해서 뛰어난 업적을 이루었다 해도, 그렇게 할 수 있는 사람은 우리 중아주 소수야. 대부분은 그렇게 혼자서 공부할 수 있는 의지도 능력도 지니고 있지 못하다고. 그런데 어떻게 그런 방식이 대안으로 제시될 수 있지?"

"그건 네 말이 맞아. 사실 그렇게 주체적, 의지적으로 살 수 있는 사람은 소수지. 앞으로도 대부분은 지금과 같이 살 거고. 이 사회가 그런 방식으로 더 이상 지탱될 수 없는 순간이 오기까지는. 그때까지는 대부분 그렇게 살아갈 거야. 그리고 드디어 오는 거지. 파국의 시간이! 정화의 시간이 말이야. 파국은 종말이 아니야. 더 나은 상태로 가는 서곡이자 새로운 시작이야. 그 붕괴와 혼돈의 시간을 거친 다음, 세상은 분명 더 나아질 거야."

"젠장, 그놈의 파국, 파국, 붕괴 노래 좀 부르지 마! 어차피 그런 일들은 가까운 미래에 일어날 것 같지도 않고, 일어난다고 하더라도 네 말처럼 우리 세대는 그 혜택을 볼 수도 없을 테니까. 그니까 그딴 얘기 이제 그만하라고!"

무신의 말에 도진은 빙긋 웃더니 말했다.

"그래. 오늘은 내가 떠들기보단 네 얘기를 들으러 왔는데, 내가 깜빡했네."

둘 사이에 잠시 침묵이 흘렀다. 음식은 식어 있었다.

24.

"너한테 들려줄 말 같은 거 없어. 쓸데없는 얘기나

지껄이려고 나온 것도 아니고."

도진이 여전히 얼굴에서 웃음기를 지우지 않은 채로
물었다.

"그럼 왜 나온 거지?"

"왜 나왔냐고? 그냥. 관 속에 처박혀 있는 것보단 나
을 테니까."

물컵을 입으로 가져가며 무신이 대답했다. 점원이
와서 볶음밥을 만들어 주었다. 고소한 냄새를 풍기며
지직거리는 밥알을 내려다보고 있던 도진이 말했다.

"명우랑은 그 뒤로 만났어?"

"아니."

무신이 짧게 대답했다. 굳이 내일모레 명우와 만날
거라는 말은 하지 않았다. 잠시 침묵이 이어졌다. 불편
한 침묵은 아니었다.

볶음밥은 무신의 입에 맞았다. 해물탕보다 훨씬 나
았다. 도진은 언젠가부터 전혀 먹지 않고 있었다. 무신
은 그런 그를 앞에 두고도 아주 천천히 밥을 먹었다. 얼
마나 지났을까, 무신이 배부른 듯 숟가락을 테이블 위
에 내려놓았을 때 도진이 말했다.

"다행이군."

"뭐가?"

"맛있게 먹어 줘서."

"이건 먹을 만하네."

그 말에 도진이 빙긋 웃더니 말했다.

"그만 일어날까?"

"그러자."

도진이 카운터에서 계산을 하는 동안 무신은 가게 밖으로 나왔다. 어둠이 내려앉기 시작한 골목은 음식점과 술집들의 네온사인으로 천박하게 번쩍이고 있었다. 도진이 문을 열고 나오자 무신이 말했다.

"잘 먹었다."

도진은 희미하게 웃더니 천천히 걸음을 옮기기 시작했다. 그들은 별 대화 없이 영등포역 쪽으로 걸어갔다. 퇴근한 직장인의 무리로 붐비는 먹자골목을 빠져나오자 버스정류장과 연이어 서 있는 노점들로 비좁아진 보행로가 나타났다. 오가는 사람들과 부딪히지 않으려면 잘 피해 가며 조심해서 걸어야 했다. 도진은 그런 방식의 걷기에 전혀 불만이 없는 듯했다. 아니, 오히려 즐기는 것 같았다. 그는 오가는 행인들의 얼굴이나 노점의 상인들, 길옆으로 늘어선 가게들에서 무언가를 포착하려는 것 같았다.

영등포역 앞 건널목에 이르렀을 때 도진이 말했다.

"지금부턴 이 동네 이곳저곳을 돌아볼 생각이야. 우선은 쪽방촌 있는 데부터."

그렇게 말하는 도진의 얼굴은 '물론 넌 나랑 같이 다닐 생각은 아니겠지?' 하고 묻는 것 같았다.

"좋을 대로."

"넌 어느 쪽으로 가야 되지?"

"방금 걸어왔던 데로 다시 내려가면 돼."

"그렇군."

잠시 후 횡단보도의 신호등이 파란색으로 바뀌었다. 역 앞 대로를 달리던 차들이 일제히 멈춰 서며 갑자기 주위가 고요해졌다. 도진이 고개를 돌려 무신의 얼굴을 바라보곤 말했다.

"근데, 언제 감행할 생각이야?"

"뭘?"

도진은 가볍게 웃더니 말했다.

"알면서."

무신은 어금니를 꽉 깨물었다.

"그럼 잘 지내고 다음에 또 보자고."

그렇게 말한 도진은 횡단보도로 걸음을 옮겼다. 잠시 멀어져 가는 도진의 뒷모습을 바라보고 있던 무신은 곧 몸을 돌려 왔던 길을 다시 걸어 내려가기 시작했다.

'재수 없는 자식. 뭐가 어쩌고 어째? 언제 감행할 거냐고? 뭘?'

뚜렷한 목적 없이—고시원으로 돌아갈 생각은 없었다—걸음을 옮기며 무신은 계속 생각했다.

'누가 진짜로 죽는데? 젠장!'

그의 시야에 엄마 손을 붙잡고 걸어오는 일곱 살쯤되어 보이는 아이가 들어왔다. 양갈래로 묶은 머리에 앙증맞은 노란색 원피스를 입은 아이는 어딘지 지아와 닮은 구석이 있었다.

무신의 시선에 화답하듯 아이도 그를 바라보았다. 까만 눈동자를 동그랗게 뜬 말똥말똥한 눈빛으로.

아이와 스쳐 지나가며 그는 가볍게 한숨을 내쉬었다. 지아가 보고 싶었다. 그러나 곧이어 그를 보고도 반가워하지 않던 지아의 얼굴이 떠올랐다.

'지아는 날 보고도 전혀 반가워하지 않았지. 낯선 사람을 보는 것처럼 굳은 얼굴로 웃지도 않고.'

그날의 일들이 떠올랐다. 그러자 화가 났다. 하지만 곧 이런 생각도 들었다.

'지아는 정말로 내가 조금도 반갑지 않았던 걸까? 아니, 아니야. 그렇지 않아. 지아는… 그래! 지아는 반가워할 수 없었던 거야. 반가워할 수 없었던 거라고! 반가웠지만 말이야. 반가웠지만.'

무신은 지아가 보고 싶었다.

'아까 그 꼬마가 입고 있던 귀여운 원피스 같은 걸 하나 사준다면 얼마나 좋아할까. 좋아서 활짝 웃겠지. 그러곤 아까 그 꼬마 아이처럼 말똥말똥한 눈으로 "무신이 삼쫀, 고마워" 하고 옹알거리겠지. 지아는 잘 지내고 있을까? 잘 지내고 있겠지. 잘 지내고 있을 거야. 잘 지내고 있어야지.'

그런 생각을 하며 그는 자기도 모르게 웃었다. 그러나 곧 현실이 강력하게 자신의 존재를 인식하라고 요구해 왔다.

'그 짜증 나는 놈이 지아와 함께 있는 한 나는 영원히 지아와 즐거운 시간을 보낼 수 없을 거다. 그놈이 지아에게 계속 주문을 걸 테니 말이다. 저 삼촌이란 놈은 사실은 네 엄마랑 할머니를 버리고 집을 나간 나쁜 놈이다, 어쩌다 집에 돌아와도 깽판을 치며 집안 식구 모두를 괴롭히기나 하는 나쁜 놈. 그러니 너는 그놈이 와도 절대로 아는 척을 해선 안 된다, 하고 말이다.'

생각이 거기까지 이르자 지난번 방문 때 그를 외면한 지아의 모습이 또다시 떠올랐다. 그때 지아는 슬픈 얼굴을 하고 있었다. 갑자기 그도 슬퍼졌다.

'다 쓸데없는 짓이다! 모두 쓸데없는 짓이라고!'

그는 자기도 모르게 이를 악물었다.

'다른 걸 생각하자. 다른 주제를! 다른 걸 생각하자고!'

고맙게도 다른 생각이 찾아왔다.

'인간은, 어렸을 때는, 어린애들은 참 귀엽다. 왜 인간은 그런 상태로 살다가 죽을 수 없는 걸까. 왜 그런 작고, 순수하고, 순진한 모습으로만 남을 수 없는 걸까. 그럴 수 있다면 세상은 훨씬 아름다울 텐데. 왜 우리는 늙어 가고 추해지며 더러워지는 걸까. 우리의 거스를 수 없는 숙명인가. 우리는 그렇게 살도록 운명 지어진 존재인가? 기독교에서 말하는 원죄 때문에? 말도 안 되는 소리지만, 만약 그렇다고 하더라도 너무 가혹하다. 그것은 태초에 있었던 한 남자와 한 여자의 책임이 아닌가? 왜 그로부터 수천 년이 지난 우리가 그 대가를 치러야 하는가? 왜 그 고통을 맛보아야 하느냔 말이다.'

거기까지 생각한 그가 중얼거렸다.

"또 말도 안 되는 생각으로 빠져들었군."

인파가 붐비는 대로변에서 빠져나와 한적한 골목으로 접어들었을 때 그의 생각은 다시 도진과 나눈 최후의 대화 주제로 가닿았다.

'나는 한 번도 그것을 진지하게 생각해 본 적이 없다. 만약 그런 적이 있었다 해도 아주 잠깐 망상에 사로잡힌 때였을 뿐 내 진정한 자아는 한 번도 그런 짓에 동의한 적이 없다. 어떻게 그런 미친 짓을 저지른단 말인가! 정말이지 정신 나간 망상이다!'

순간 다시 '언제 감행할 건데?' 하고 물으며 싱글거리는 도진의 얼굴이 떠올랐다. 음식점에서 그가 내뱉던

장광설도 떠올랐다. 마음속 깊은 곳에서 알 수 없는 분노가 치밀었다.

'뭐 마취제가 어떻고 완충제가 어째? 녀석은 세상과 다른 사람들의 삶에 대해 논평하고 그걸 소설이랍시고 끼적대며 유유자적할 수 있는 자리를 운 좋게 꿰찬 것뿐이다. 더럽게 운 좋게 그런 자리를 얻은 것뿐이라고. 녀석은 평범한 사람들의 절박함을 모른다. 단지 머리로만 짐작하고 있을 뿐. 그 간극이 말도 안 되는 쓰레기 같은 이론들을 창출하는 것이다. 뭐가 어째? 빚에 종속된 삶을 거부해? 대학에 대한 관점을 바꿔? 그게 현실에서 가능한 일이야? 당장 먹고 입을 게 없는데 빚을 거부하라고? 나 한 명이 대학을 거부한다고 이 사회가 달라져? 나만 병신 되는 거 아냐! 자의였던 타의였던 대학을 거부한 나처럼. 지금의 나처럼!'

생각이 그 지점에 이른 순간 감정은 갑작스럽게 분노에서 우울로 바뀌었다. 자신이 갇힌 출구 없는 미로가 그 어느 때보다 어둡게 느껴졌다. 절망의 채찍이 어느 때보다 날카롭게 그의 가슴을 할퀴었다. 그 상처 자국을 만지며 그는 숨 막힘, 고통, 아픔과 함께 슬픔과 공포까지 느꼈다.

그는 자기도 모르게 이렇게 기도했다.

'나를 도와주소서. 이 절망스러운 상황에서 나를 건져 주소서!'

그러나 다음 순간 그는 자신이 아주 오랜만에 '기도'라고 불릴 만한 행위를 한 것에 조소했다. 아니, 정확히 말해 그것은 자신을 조소한 것이 아니라 그의 내부의 어떤 영역이 그런 행위를 한 주인을 조소한 것이었다.

그는 계속해서 생각했다.

'내가 지금 뭐하고 있는 거지? 무슨 정신 나간 생각을 하고 있는 거냐고!'

그때 난데없이 근거 없는 낙관주의, 지독한 과대망상의 가면을 쓴 또 다른 자아가 일어섰다. 그는 외쳤다.

'너는 절대로 꺾이지 않아! 너는 강해! 너는 이 어려움들을 반드시 극복할 수 있다고!'

그는 어깨를 꼿꼿하게 폈다. 그리고 일부러 걸음을 자신감 있게 내디뎠다. 이제는 사람도 별로 없는 뒷골목으로 들어와서 그런 과장되고 힘이 들어간 걸음을 방해할 존재도 없었다.

'생각을 바꾸니까 힘이 나는군. 한결 나아. 이래서 충분한 영양 공급이 중요한 거야. 제대로 된 식사가 중요한 거라고. 생각해 보면 오늘 식사는 나쁘지 않았어. 도진이 자식이 시끄럽게 떠들어 댄 게 좀 거슬리긴 했지만 음식 자체는 나쁘지 않았어. 아니지, 그 정도론 부족해. 꽤 맛있게 먹었다고. 이렇게 맛있게 먹을 수 있다는 건 아직 인생을 사랑한다는 증거야. 삶을 사랑한다는 증거라고!'

그는 마치 아주 중요한 깨달음을 얻은 것처럼 기뻐했다.

'그래. 나에게는, 나는 다시 시작할 수 있는 힘이 있어. 다시 시작할 수 있다고! 나는 아직 삶을 사랑하고 있으니까. 그러니까 다시 시작할 수 있다고! 다시 일자리를 구하자. 그래. 다시 일자리를 구하는 거야. 그리고 다시 조금씩 돈을 모으는 거지. 그래서 영화 공부를 시작하는 거야. 그런 다음엔 좋은 여자를 만나는 거고. 그리고 결혼을 하는 거지. 아이들을 낳고, 일을 하고, 영화를 만들고, 행복하게 사는 거다. 그래, 그렇게 행복하게 사는 거야. 근데… 그런데 왜 내겐 이 모든 일이 가능하

지 않은 것으로 느껴지는 거지? 왜 내겐 이 모든 게 불가능한 일로 느껴지는 거냐고!'

그는 울고 싶었다. 그것은 갑자기 찾아온 감정이었다. 아무도 없는 곳으로 가 실컷 흐느끼고 싶었다. 그러나 그럴 수는 없었다.

25.

처음 보는 남자가 황씨 방에서 나와 계단 쪽으로 걸어가는 뒷모습을 보며 무신은 생각했다. 아무리 봐도 친구 방에서 하룻밤 자고 가는 사람의 모습은 아니었다. 그것은 이 비좁은 공간을 자신의 거처로 삼은 사람만이 보여 줄 수 있는 행동이었다.

'황씨가 고시원에서 나갔나?'

무신은 계단을 내려가 밖으로 나가려다 잠깐 고민하더니 사무실 쪽으로 걸음을 돌렸다.

"저기요. 307호에 살던 아저씨 혹시 퇴실하셨나요?"

사람 좋아 보이는 펑퍼짐한 얼굴의 총무가 대답했다.

"네. 엊그제 나가셨어요. 집에 안 좋은 일이 생기셔서…."

안 좋은 일? 호기심을 느낀 무신이 물었다. 분명 그 안 좋은 일이 며칠 전 자신을 보고도 인사도 없이 지나쳤던 황씨의 행동과 어떤 관련이 있을 거란 생각이 들었다.

"누가 죽었다는 거 같던데… 그래서 어머니 모시고 살아야 될 것 같다고 고향으로 내려간다고 그러더라고요. 곡성인가 남원인가 전라도 어디로."

누가 죽었다고? 어머니를 모셔야 한다고? 문득 언젠가 황씨가 말했던 남원에 산다는 동생 얘기가 떠올랐다. 그 동생이 고향집 가까이 살아서 어머니를 자주 찾아뵙기에 자신이 굳이 고향에 내려가지 않아도 된다는 얘기였던 것 같은데, 하고 무신은 생각했다. 그 동생이 죽었다는 말인가? 황씨보다 어릴 테니 기껏해야 마흔 초반이거나 삼십 대 후반일 텐데…. 그 나이에 죽음이라면 두 가지밖에 없다. 사고거나 아니면, 자살.

밖으로 나오자 햇살이 뜨겁게 내리쬐고 있었다. 아

직 여름은 한창이었다.

'아마도 남쪽은 더 뜨겁겠지? 아니야. 그렇지 않아. 매연과 소음, 열기로 가득 찬 도시보단 거기가 더 시원할 거야. 황씨가 남은 생을 살기에도 거기가 더 시원할 거라고.'

가볍게 숨을 내쉰 무신은 걸음을 빨리해 목적지로 향했다. 고시원에서 얼마 떨어지지 않은 횡단보도 앞에 이르렀을 때 휴대폰이 울렸다. 명우였다.

"무신아! 정말 미안한데… 일이 좀 길어져서 한 시간 정도 늦을 것 같아. 혹시 벌써 출발했어?"

잠시 고민하던 무신이 "아니" 하고 대답했다.

"다행이다! 그럼 조금만 천천히 나와. 최대한 빨리 갈 테니까."

"그래."

"그럼 좀 있다 봐!"

전화를 끊은 무신은 잠시 갈등했다. 그렇지 않아도 조금 일찍 나왔는데 이대로 타임스퀘어로 간다면 한 시간 반 넘게 기다려야 할 것 같았다. 그렇다고 다시 고시원으로 돌아가고 싶지도 않았다.

신호가 바뀐 횡단보도 앞에서 걸음을 뗄까 말까 고민하던 그가 결심한 듯 깜박이기 시작한 건너편 신호등 쪽으로 걸음을 내디뎠다.

 '어차피 방에 있어 봤자 할 일도 없는데 좀 일찍 가서 기다리지.'

 그렇게 생각하며 걸음을 빨리하는데 신호등이 빨간 불로 바뀌었다. 멈춰 있던 은색 SUV가 아직 횡단보도에 있는 그에게 빨리 건너라는 의미의 경적을 울렸다.

 무신은 고개를 돌려 차량 안의 운전자를 노려보았다. 삼십 대 후반쯤으로 보이는 마른 얼굴의 남자였다. 남자는 무신과 눈이 마주치자 시선을 피했다. 무신은 한 번 더 남자를 노려보곤 일부러 천천히 그 앞을 지나갔다. 또 경적을 울리거나 하지는 않았다.

 계속 걸음을 옮겨 횡단보도가 여럿 있는 큰 사거리 앞에 도착했을 때 길가에 시금치와 당근, 오이 같은 야채들을 팔고 있는 할머니가 눈에 들어왔다. 가냘픈 체구에 얼굴에 주름이 깊게 파인 할머니는 무표정한 얼굴로 앉아 있었다.

 '저런 걸 팔아서 얼마나 번다고 이 더위에 저러고 계

실까.'

그런 생각을 하고 있는데 갑자기 마음속에서 '당근이라도 몇 개 사드리는 거 어때?' 하는 목소리가 들려왔다. 하지만 곧이어 '그래서? 계속 그걸 들고 다니게?' 하는 또 다른 목소리가 이어졌다. 목소리는 계속해서 말했다. '검은색 비닐봉지에 당근 여섯 개를 담아 손에 들고 걸으면 참 볼만 하겠다? 달랑달랑.'

'에이, 당근은 무슨 당근.'

그는 걸음을 멈추지 않고 할머니 앞을 지나쳤다.

타임스퀘어 근처에 거의 다다라 광장 앞 출입구 쪽으로 이어지는 길로 몸을 돌린 순간, 뒤에서 누군가가 그의 어깨를 툭 치며 지나갔다. 미안하다는 말도 없이. 순간 강한 짜증이 그를 덮쳤다.

자신을 치고 지나간 사람 쪽으로 시선을 돌린 그의 눈에 백팩을 맨 젊은 남자가 보였다. 갈색으로 머리를 염색한 남자는 무신이 꼴사납다고 생각하는 딱 달라붙는 스키니진을 입고 있었다.

'아니, 저 자식은 입도 없어? 지나가던 사람이랑 부딪쳤으면 미안하다고 사과를 해야 될 거 아냐!'

남자는 성큼성큼 걸음을 옮겨 점점 더 그와 멀어져
갔다. 그 모습을 보고 있자니 쫓아가 한마디 하고 싶었
다. 아니, 한마디 정도가 아니라 뒤통수를 한 대 갈기고
싶다는 생각까지 들었다. 그러나 곧 그런 생각을 한 자
신이 부끄러워졌다. 무슨 좀스런 생각인가!

'나는 절대, 절대로 그런 저열한 짓은 저지르지 않겠
다. 그딴 정신 나간 짓을 할 바엔 차라리 나 자신을 해코
지하는 게 낫다!'

"빌어먹을, 내가 상태가 안 좋긴 안 좋은 모양이로구
나. 이런 시답지 않은 일로 쓰잘데기 없는 생각이나 하
고." 그렇게 중얼거리며 그는 방금 전 있었던 불쾌한 일
에서 달아나려는 듯 걸음을 빨리해 타임스퀘어 출입구
쪽으로 향했다.

시간은 아직 채 여섯 시도 안 돼 있었다.

'예상대로 너무 일찍 도착했군.'

그러나 그에게는 생각이 있었다. 이 층에 있는 서점
에서 책을 보며 기다리는 것이었다. 회전문을 밀고 안
으로 들어선 그는 이 층으로 연결된 에스컬레이터에 몸
을 실었다.

서점엔 사람이 꽤 많았다. 그중에 얼마는 자신처럼 시간을 때우기 위해 그곳을 거닐고 있을 거라고 그는 생각했다. 천천히 걸음을 옮겨 인문사회 분야 서적이 진열된 곳으로 간 그는 쌓여 있는 책 제목을 훑어보다 노란색 표지의 책 한 권을 집어들었다. 《빚 권하는 사회, 빚 못 갚을 권리》라는 책이었다. 빚. 내 인생의 발목을 잡고 있는 빌어먹을 빚! 그는 큰 기대는 갖지 않고 책장을 넘기기 시작했다. 그러다 서문에서 주의를 잡아끄는 문장과 마주쳤다.

당신의 빚을 헐값에 팔아먹는 야만적 금융 시스템

'뭔 소리야? 빚을 팔아?'
그는 계속 읽어 내려갔다.

제 빚 갚기에도 벅찬 많은 사람들은 각자도생하느라 금융 시스템 안에서 벌어지는 야만적인 실상을 눈치채지 못합니다. 특히 채권이 땡처리 되고 있다는 사실을 아는 사람은 거의 없습니다. 책 본문에서 자세히 설명하겠지만 금융사들은 연체된 채권을 오래 보유하지 않습니다. 3개월 이상 연체되면 대부업체 등에 헐값에 팔아 버립니다. 10년 이상 빚을 갚지 못해 추심에 시달리는 채무자들은 때에 따라 대부업체들이 바뀌어 가며 빚 독촉을 한다고 고통을 호소합니다. 대부업체가 바뀔 때마다 추심 강도가 강해지는 것은 물론입니다.

'이런 지랄 같은 시스템이 있었구나!'
그는 빠르게 책장을 넘기며 책을 읽어 나갔다.

금융회사들은 오래 연체된 채권을 보유하거나 직접 연체자를 대상으로 추심하지 않는다. 대개 다른 추심회사에 팔아 버린다. 이때 오래 연체된 채권은 제값을 받지 못하고 할인된 가격으로 거래된다. 그 거래 가격이 미국의 경우 원래 가격의 5퍼센트 미만이다.

'그니까 일억짜리 채권을 오백만 원에 사서 그걸로 채무를 진 사람한테 일억 전부를 받아 낸다는 거로군.'
아버지 사업이 망한 후 밤낮으로 전화했던 놈들이 바로 그 오백만 원짜리 채권을 산 놈들이란 데 생각이

미치자 분노가 치밀어 올랐다.

'어떻게든 회사를 살려 보려고 진 빚을 겨우 그런 푼돈으로 인수해서 그 전액을 받아 내려고 우릴 그렇게 닦달했던 거로구나! 구역질 나는 놈들!'

그가 다시 눈을 책으로 돌린 순간, 휴대폰이 울렸다. 명우였다. 그가 서점에 있다고 하자 명우는 그리로 가겠다고 대답했다. 전화를 끊고 다시 책을 집어들었지만 집중해서 읽을 수 없었다. 아니, 읽고 싶지 않았다.

그는 걸음을 옮겨 소설이 있는 쪽으로 갔다. 서가에 꽂혀 있는 책을 훑어보다《실종》이란 제목의 책을 뽑아 든 그는 책을 펼쳐 중간부터 읽기 시작했다.

26.

"무신아, 늦어서 미안!"

"괜찮아."

무신은 손에 들고 있던 소설을 덮어 원위치에 꽂아 넣었다.

"많이 기다렸지? 정말 미안해. 오늘은 늦지 않으려고 했는데… 출출하지? 가자, 밥 먹으러."

그들은 서점 밖으로 걸어 나왔다. 볼 만한 책을 발견했느냐는 명우의 물음에 건성으로 대답한 무신이 불쑥 말했다.

"엊그제 도진이랑 만났어."

"도진이랑? 둘이?" 명우가 의외라는 얼굴로 물었다.

"어. 뜬금없이 전화해서 저녁이나 같이 먹자고 그러더군."

"그랬구나. 얘기 많이 나눴어?"

"그 자식 혼자 떠들어 댔지."

그때 명우의 휴대폰이 울렸다.

"미안, 회사에서 전화가 왔네."

무신은 그와 조금 떨어져 서서 통화가 끝나길 기다렸다. 통화는 오 분 정도 계속된 후 끝났다.

"정말 미안해. 월요일 회의 때 들고가야 될 자료 때문에 계속 연락이 오네." 명우가 곤혹스럽다는 표정으로 말했다.

"괜찮아. 신경 쓰지 말고 전화 오면 편하게 받아." 무신이 대답했다.

　그들은 한 음식점 안으로 들어갔다. 도진과 관련된 얘기는 더 이상 지속되지 않았다. 주문한 갈비찜을 먹는 동안 그들이 나눈 대화는 오늘 만남의 핵심 의제를 비껴가는 선에서 진행되었다. 최근 사회적 이슈들과 명우의 직장생활에서 있었던 소소한 사건들, 개봉 영화나 신간 서적에 대한 잡담이었다. (대화 중간에 명우의 사무실에서 한 통의 전화가 더 걸려 오기도 했다.)

　어떤 의미에선 무의미하다고도 할 수 있는 대화가 막을 내리고 본격적인 대화가 시작된 것은 식사를 마치고 이동한 카페에서였다. 시작은 무신이 얼마 전 부천 집을 찾았다 겪은 일을 꺼내 놓으면서였다. 그는 가족으로부터 이해받지 못한 채 홀로 떨어져 고통받고 있는 삶에 대한 불만을 다소 격한 어조로 토로했다. 그의 얘기를 다 들은 명우가 차분한 어조로 말했다.

　"내가 인생을 살면서 너만큼 고난을 겪은 건 아니지만, 나도 나름대로 죽을 만큼 힘든 때가 있었어."

　"그런데?"

　"그런데 버티니까, 시간이 흐르니까 그것도 지나가

더라고. 상황도 풀리고."

"그게 무슨 말이야? 버티면, 그냥 버티고 있으면 결국엔 만사가 다 제자리를 찾아가더라 이거야?"

"물론 그냥 버티고 앉아 있으면 모든 문제가 해결된다는 말은 아니야. 버틴다는 건, 내가 해야 될 일을 하면서 그 시간을 살아 내는 것을 의미하지. 도망치거나 포기하지 않고 계속 걸어가는 것, 그게 버티는 거야. 왜 그래야 하느냐면…."

그 지점에서 명우는 잠깐 말을 멈추고 무신의 눈을 바라보았다. 진지한 눈빛에서 무신은 이제부터 말하려는 게 오늘 자신을 만나자고 한 이유임을 눈치챘다.

"버티는 시간이, 답답하고 힘든 그 시간이 실은 우리가 만들어져 가고 있는 과정이기 때문이지."

"만들어져 가는 과정? 신의 계획 속에서?" 무신이 조롱조로 말했다. "명우야, 오늘 여기 나오면서 너의 신앙적인 충고 충분히 들을 각오하고 왔어. 하지만 막상네가 그 얘기를 시작하니까 쉽지 않겠다는 생각이 드네. 오늘은 그런 얘기 하지 말자. 부탁할게."

그러나 명우는 자신이 오늘 만나자고 한 건 그런 얘

기를 하기 위해서이며 만약 그런 얘기를 할 수 없다면 자신은 진정성 없는 수다만 떨다 일어설 수밖에 없을 거라고 말했다. 그리고 계속해서 신에 대한 믿음을 회복하길 바란다는, 무신으로선 듣고 싶지 않은 얘기들을 꺼내 놓기 시작했다. 애써 참으며 얘길 듣고 있던 무신이 더 이상 참지 못하고 폭발했다.

"신이 있다면 도대체 왜 내게 이런 일들이 일어나도록 허락했지?"

무신은 계속해서 신이란 존재가 있다는 믿음의 부조리함에 대해 말했다. 그 장광설의 마지막은 이렇게 끝났다.

"아니, 이런 코미디 같은 얘기는 할 필요도 없어. 신 따위는 지옥에나 가라지. 다 구역질이 난다. 모두 다!"

길었던 무신의 얘기에 대한 명우의 반박이 얼마쯤 이어진 다음 다시 대화의 주도권을 무신이 쥐었을 때 그는 새로운 주제에 대해 말하기 시작했다. 도진이 언제 감행할 거냐고 물은 바로 그것이었다.

"모든 인간에게는 그럴 권리가 있어. 생각해 봐. 우리는 행복하기 위해서 살아가. 우리가 땀 흘려 노력하는 궁극적인 목적은 바로 행복을 얻기 위해서라고. 그 것 때문에 우리는 보석 같은 젊은 날을 갑갑한 도서관 안에서, 지긋지긋한 수험서와 인터넷 강의 같은 것과 함께 보내고 있잖아. 왜? 그 결과로 얻게 될 공무원 자리나 그런 대로 괜찮은 일자리가 내가 사랑하는 여자와의 결혼과 안정적인 생활을 가능케 해줄 테니까. 물론 그것은 저열한 수준의 행복추구이지. 보다 높은, 고상한 자기 완성은 단순히 안정적인 밥벌이 수단 확보 이상의 무엇일 테니까. 그런 거야 어쨌든, 어떤 사람에게 행복을 얻기 위한 노력이 실패로 결론 내려지게 된다면, 그는 어떻게 해야 하지? 너무도 명백하게 행복의 가능성이 사라진 것으로 판명된다면? 삶을 지속하는 것이 불행의 연장 이외의 어떤 의미도 아닌 것이 분명해진다면? 그렇다면 목표를 향한 경로를 이탈한 자는 레이스 중단을 선택할 수 있지. 그것은 그의 권리야. 도대체 누가 그것을 욕할 수 있단 말이야? 불행한 삶을 꾸역꾸역 계속 살란 말이야? 왜? 무엇 때문에? 기득권을 가진 이들의 계속적인 수익 창출을 위해? 그들에게 저렴한 노동력을 제공해 주고 그렇게 벌어들인 몇 푼 안 되는 돈으로 그들이 시장에 풀어놓은 스마트폰, 햄버거 따위를 사주기 위해? 난 그러긴 싫어. 그렇게 노예처럼, 이 자본주의 체제를 유지하는 작은 부속품처럼, 기득권을 쥔 녀석들을 위해 살긴 싫다구. 실패한 이번 생을 깨끗이 마무리 짓는 것이 내가 원하는 일이고, 그것은 나의 권리야."

그는 이곳에 오기 직전까지 결코 지금 말한 것과 같은 확고한 입장을 지니고 있지 않았다. 만약 어떤 불분명한 입장을 지니고 있었다 해도 자살에 대한 긍정보다는 오히려 그 반대쪽이었을 것이다. 그러나 명우의 신앙으로 돌아오라는 촉구와 그것을 거부하는 친구에 대한 어떤 규정짓는 듯한 시선이, 그 시선에 대한 반감이 그를 급진적인 자살 옹호론자의 입장을 취하도록 자극했다.

"그러나 신은 우리에게 생명을 주셨고 생명은 그의 것이야. 우리가 신의 것을 빼앗을 수는 없어. 그리고 인생이란 지나 봐야 아는 거야. 네가 지금 불행이라고 생각하는 일이 어떻게 바뀔지 지금 현재로선 알 수 없는 거라고. 더 살아 봐야, 더 지나 봐야 알 수 있는 거란 말이야." 명우가 흥분한 얼굴로 빠르게 말했다.

"신이 생명의 수여자라고? 그렇다면 신이 생명을 부여한 존재에게 허용한 자유의지로 그가 생명을 중단하는 것 또한 허용했다고 보아야 하지 않을까? 다시 말해 신도 내 선택을 추인하고 내 고통을 이해해 줄 거란 말이야."

"분명 신은 인간에게 그런 자유의지를 허락했어. 그러나 그 자유의지로 자신을 찾게 하기 위해서이지 자기파괴를 하게 하려는 게 아니야. 자유의지로 자기파괴를 감행하라는 속삭임이야말로 태초에 신에게 반역하라고 충동질했던 뱀의 유혹이지! 그것이야말로 악마의 속삭임이라고! 생각해 봐. 네가 지금 얘기하는 불행, 경로를 이탈해 버린 레이스, 희망 없는 삶이 백팔십 도 바뀐다면 과연 네가 계속해서 행복할 수 있을까? 만약 네가 가지고 있는 경제적인 문제가 해결되고 네가 원하는 일을 할 수 있게 상황이 바뀌고 네가 좋아하는 여자가 네 사랑을 받아 준다면, 그러면 이 땅이 천국으로 바뀔까? 그렇지 않아. 나를 봐. 지금도 울려 대는 휴대폰을 보라고. 일자리가, 그것도 꽤 괜찮은 일자리가 있어도 너무 힘들어. 어떤 땐 다 때려치우고 싶어. 돈을 벌면 뭐해? 내 삶이 없는데. 사랑? 좋지. 근데 사랑하는 그 여자가 내 마음을 후벼 팔 때도 있어. 아니, 내 경험은, 지금까지 내가 해본 모든 연애는 예외 없이 그랬어. 차라리헤어지는 게 더 낫다는 결론으로 끝나는 경우가 다반사였다고. 고백하자면, 그것은 지금도 마찬가지야. 현주랑 내가 겉으로 보이는 것만큼 아무 문제 없다고 생각한다면 잘못 본 거야. 내가 지금 천국에 살고 있는 것 같아? 세상 사람들이 얘기하는 행복의 조건을 나름대로갖추고 있는 내가 완전한 만족에 다가선 것 같으냐고?인생이란 그런 게 아니야. 아담이 선악과를 따먹은 이래로, 죄가 이 땅에 관영한 이래로 완벽하게 행복하고만족스런 삶을 산 사람이 누가 있느냐고! 부채가 해결되고, 원하는 일을 하면서 어마어마한 돈을 벌고, 끝내주는 여자 만나서 결혼해도 그때 가면 또 말하게 될 거라고. 이것은 이래서 문제고 저것은 저래서 문제다. 왜이렇게 나를 이해해 주지 못하는가. 왜 이렇게 모두 나를 힘들게 하는가. 그게 인간의, 우리의 숙명이라고! 그렇기에 신앙은 그리스도를 바라보라고 말하는 거야. 여기 이 땅에 희망이, 행복이 있지 않으니까! 이 모든 고통스러운 시간이 끝나고…"

"그만해!" 무신이 그의 말을 자르며 외쳤다. "네가 무슨 얘기 하려는지 아니까 그만하라고! 내가 한번 읊어 볼까? 네가 앵무새 노래하듯 반복하는 그 레퍼토리를? 인간의 타락 이후 이 땅은 죄로 오염됐다, 우리가 보는 모든 부조리는 그 결과다. 그 문제를 해결하기 위해 온 자가 그리스도다. 그를 믿는다면 구원받을 수 있다. 그 말 하려는 거 아냐. 명우야, 나는 신앙을 버렸어. 버렸다고! 그건 내게 헛소리 그 이상도 이하도 아니야. 그러니까 그걸로 나를 설득하려고 하지 말란 말이야. 부탁할게! 나는 이 거지 같은 인생에 지쳤어. 지쳤다고!"

명우가 흥분한 목소리로 외쳤다.

"아직도 내 말 못 알아듣겠어? 인생은 원래 힘든 거라고! 너만 세상 모든 고통 둘러매고 가는 게 아니라 다 힘들고 지쳤다고. 너만 그렇게 고통받고 있는 게 아니야! 그러니까 너에게 일어난 일들을 받아들여. 세상은 왜 이렇게 부조리해, 나는 왜 이런 고통을 당해야 돼, 하지 말고 그것을 받아들이라고! 인생 팔구십 년, 짧게 흘러가는 인생에 뭐가 그렇게 원망이 많아! 네가 북한 수용소에 있는 사람들보다 더 힘들어? 네가 한국전쟁에 총알받이로 끌려간 청년들보다 더 힘들어? 네가 소말리아의 굶어 죽는 애들보다 더 힘드냐고? 왜 이렇게 세상을 바로 보지 못해? 여기는 너에게 진정한 만족을 절대로 줄 수 없는 곳이라니까! 버티란 말이야. 네가 일부러 죽지 않아도 어차피 죽을 테니까, 살아 있는 동안은 버티라고!"

"젠장, 말 잘했다!" 무신이 얼굴을 일그러뜨리며 외쳤다. "그래, 나는 북한 사람이나 소말리아 사람보다 훨씬 행복하다. 네 말을 들으니 엄청난 위로가 되네. 깜빡 잊었다. 내가 얼마나 행복한지를! 빌어먹을. 근데 어쩌나? 그렇게 행복한데도, 그 행복한 인생을 지속하고 싶지가 않은데." 거기까지 말했을 때 무신에게서 의도하지 않은 웃음이 터져 나왔다. "하하, 모두 힘들다고? 다 지쳤다고? 그래. 그렇겠지. 맞아. 누나도 지아도 부모님도 너도 나도 연희도 다 힘들지. 힘들어 죽겠지. 근데 왜 살아야 되지? 왜? 왜 그렇게까지 힘들어하면서 살아야 되냐고? 왜?"

"왜냐하면 그것에는, 그 힘듦에는 힘듦으로써의 의미만 있는 게 아니라, 그것을 통해 무언가가 이루어지기 때문이야. 거기에는 뭔가 다른 의미가 있다는 거야. 믿음을 갖고…"

명우의 말을 끊으며 무신이 말했다.

"그 얘긴 그만하자. 의미는 무슨 의미. 나는 세상을 정확하게 보고 있고 그에 따라 정확하게 판단하고 있어. 그러니 이제 더 이상 그런 얘기는 하지 마."

한동안 말없이 무언가를 생각하던 명우가 다시 입을 열었다.

"좋아. 그럼 마지막으로 이것만 말할게. 성경은 한 생명이 천하보다 귀하다고 이야기해. 그 말은 온 우주, 아니 우주는 너무 광대하고 인간이 제대로 파악하지도 못했으니까 지구로만 한정하지. 이 지구의 거대한 자연, 그랜드캐넌의 웅장한 협곡과 봉우리, 아마존의 울창한 밀림과 태평양을 가득 채운 수분, 극지방의 얼음과 끝없이 펼쳐진 중앙아시아의 초원, 기름진 동아시아의 평야와 뜨겁고 아름다운 아프리카의 사막, 이 모든 것과 한 사람의 생명 중 하나만을 택해야 한다면 신은 주저 없이 한 사람 쪽을 택할 거라는 거야. 금, 은, 텅스텐, 구리, 석유 같은 수많은 자원을 품고 있는 대지 대신에 아주 연약하고 보잘것없는 어린아이 하나를 택할 거라고. 왜? 오직 인간만이 신의 이미지를 지닌 존재이기 때문이지. 진정으로 인간은 신을 닮은 존재야. 우리는 그 사실을 재인식해야만 해. 우리의 창조성, 아름다움, 생명력을, 우리의 가치를 재인식해야만 한다고. 우리가 얼마나 존귀한 존재인지를 말이야. 인간만큼 신비로운 존재가 어디 있겠어? 갓난아기를 봐! 그 옹알거리는 작은 생명을 보라고. 그걸 보고도 신의 존재를 믿지 않을 수 있을까? 나는 그걸 보고도 신의 존재를 믿지 않을 수 있다는 게 신기해. 어떻게 그럴 수 있지? 어떻게 그 작은 생명의 활짝 웃는 웃음과 꼼지락거리는 손가락과 힘찬 발짓을 보면서 신을 믿지 않을 수 있지? 어떻게? 이게, 이 생명이 정말로 먼지의 결합으로 보여? 아메바가 수천억 년 지나 변모한 모습으로 보이냐고?

내가 보기엔 인간이란 신을 떼어 놓고 설명하려고 하면 설명이 안 되는 존재야. 창조주와 피조물이라는 관계에 대한 이해 없이 인간과 인간, 인간과 환경에 대한 분석만으로는 답이 안 나온다고. 신앙이 있다는 건, 보이는 것 이상을 보는 거야. 신앙한다는 것, 믿는다는 것은 이성보다 높은 차원의 무엇이지. 그것이 있을 때만 우리는 현실을 스스로 현실적이라고 주장하는 사람이 보는 것보다 더 '현실적'으로 볼 수 있어. 그리고 그런 인생에 대한 진실로 현실적인 관점을 소유한 사람만이 만만치 않은 인생 속에서 희망을 잃지 않고 살아갈 수 있는 거고. 나는 신앙이 있고 없고의 본질적인 차이는 이거라고 생각해. 모든 걸 주관하는 절대자의 시점으로 자신을 볼 수 있는 것과 없는 것의 차이. 내 경험 이상으로 내 인생에 대해 볼 수 있느냐 없느냐의 차이. 다른 말로 시야의 차이, 볼 수 있는 넓이의 차이지. 신앙이 있다면, 고통하에서도 그것에 매몰되지 않은 상태로 자신을 볼 수 있어. 신앙이 없으면 상황이 꽉 막혔을 때 초월적인 관점을 가질 수 없어. 생각해 봐. 그리스도가 십자가에 달렸을 때, 모두가 메시아라고 믿었던 그가 벌거벗겨져 사형틀에 매달렸을 때, 그 완전한 절망의 순간, 이제는 끝났다는 그 순간이 바로 승리의 순간이라는 역설을. 인간의 눈으로 봤을 땐 완전히 꺾인 그 순간이 실은 마귀의 권세가 박살나고 인류의 구원이 성취된 순간이라는 반전을. 이게 우리 인생에도 똑같이 일어난다니까! 이 반전이 너와 나의 인생에도 일어난다고! 문제는, 그게 지금 이 시점에서는 안 보인다는 거야. 지금은 알 수 없지. 그러니까 너무 고통스럽지. 언제 끝날지 보이질 않으니까. 지나가고 나서야 깨닫게 되지. 아, 이래서 그때 내게 이런 일이 일어났던 거로구나. 지나가 봐야 알게 된다고. 그걸 보기 위해서는 계속 살아야만 해. 계속 살아가야만 한다고! 계속 살아가다 보면 그것을 보게 될 거야."

명우의 이번 말은 무신에게 흥미롭게 느껴졌다. 조금 전까지 계속됐던 분노의 감정마저 순간적으로 잊어버릴 만큼.

그러나 그는 한 시간째 강력한 자살론을 설파하는 중이었다. 그것은 그의 입장이자 그의 상태였다. 그 입장을 갑자기 철회하고 싶지는 않았다. 자존심 상하는 일이기 때문이다. 이런 인간의 심리는 이상하면서도 빈번히 나타나는 양상이다. 무신 역시 그러했다. 다른 많은 사람들과 마찬가지로 심리적 관성을 거스르지 못했다. 그럴 수 있는 힘도 없었고 그리고 싶지도 않았다. 그래서 그는 일부러 자신의 감정을 더욱 증폭시키며 큰소리로 외쳤다.

"그만하랬잖아! 얼마나 더 말해야 알아듣겠어!" 소리 지르며 화를 내자 진짜로 화가 났다. "네가 무슨 선지자야? 훈계는 집어치워! 이미 몇 번이나 말했지만 난 신을 믿지 않아! 그러니 더 이상 그런 헛소리는 하지 말라고. 이 부조리한 세상 밖으로 나가고자 하는 나의 정당한 요구에 더 이상 쓸데없는 말을 갖다 붙이지 말란 말이야!"

무신의 말에 흥분한 명우도 목소리를 높였다.

"그것이 고통으로부터의 탈출, 모든 것의 종결, 존재의 사라짐이 아니라 더 나쁜 곳으로의 이동, 이를테면 지옥의 불구덩이로 뛰어드는 것이라도?"

"그래! 그래도!"

긴 침묵이 둘 사이에 찾아왔다.

27.

꽤 오래 지속되던 침묵을 깬 건 무신이었다.

"난 너에게 교리적인 진단을 받기 위해서 이 자리에 온 게 아니야." 그 말을 내뱉고 나자 침묵이 가져다준 감정의 진정이 더욱 확고하게 마음에 자리 잡았다. 그래서 그는 한층 더 차분해진 목소리로 다음 말을 이어 갈 수 있었다. "난 너에게 이해받고 싶었어. 너는, 다른 사람은 몰라도 너만은 나를 보며 얼마나 힘들었냐고 말해 주길 원했다고. 너에게 상처를 준 많은 사람들과 이 사회에 대한 너의 분노를 이해한다, 너의 고통을 정말로 안타깝게 생각한다, 이런 말을 듣고 싶었다고."

그의 말을 듣고 무언가를 생각하던 명우가 대답했다.

"너의 고통을… 누구보다도 안타깝게 생각하고 있어. 정말로 마음이 아프고…. 하지만 그런 말들, 그런 감정적이고 단회적인 위로가 과연 궁극적인 해결책이 될 수 있을까?"

무신은 그 물음에 아무런 대답도 하지 않았다. 명우가 다시 말했다.

"그렇지 않다고 생각해. 나는 본질에 대해서 이야기하고 싶어. 내가 신앙을…"

무신이 그의 말을 자르며 흥분한 어조가 아닌 아주 차분하게 가라앉은 목소리로 말했다.

"그만. 거기까지, 거기까지만 해. 인생에 대한 너의 관점은 충분히 이해했어. 너도 내 생각에 대해 충분히 이해했을 거라고 믿고. 시간이 많이 됐는데 이제 돌아가서 쉬어야지. 너도 많이 피곤할 텐데, 이제 그만하자고."

무신의 눈을 응시하며 그 말을 듣고 있던 명우가 깊은 숨을 내쉰 후 천천히 대답했다.

"그래. 알겠어… 알겠어."

그들은 자리에서 일어났다. 주차장을 향해 걸어가는 내내 그들 사이에는 무거운 침묵만이 계속됐다. 답답한 침묵을 깨고 싶었던 명우가 무슨 말이라도 꺼내야겠다고 마음먹은 순간, 무신이 말했다.

"명우야, 나 좀 피곤해서 그러는데 여기서 헤어지자. 가서 푹 좀 자야겠어."

그렇게 말하는 무신의 얼굴은 정말로 많이 피곤해

보였다.

"태워다 줄게."

"괜찮아. 여기서 별로 안 멀어. 걸어가는 게 더 빠를 거야."

무신의 얼굴을 바라보던 명우가 또다시 가벼운 한숨을 내쉰 후 말했다.

"알겠어. 그럼…."

"저녁 잘 먹었어. 바쁜데 시간 내줘서 고맙고, 들어가서 푹 쉬어라."

그렇게 인사하고 돌아서려는 무신을 명우가 불러 세웠다.

"저기 무신아!"

무신이 고개를 돌려 그를 바라보았다.

"다음번엔 더 맛있는 거 먹자고!"

무신이 가만히 고개를 끄덕였다. 명우는 계속해서 말했다.

"먹고 싶은 거 생기면 언제라도 전화해라. 꼭 시간 낼 테니까."

"그래." 그렇게 말하며 무신은 다시 가볍게 고개를

끄덕였다.

걸음을 옮기는 무신을 바라보던 명우가 한 번 더 깊은 한숨을 내쉬었다. 그러곤 몸을 돌려 주차장으로 발걸음을 옮겼다. 무거워 보이는 발걸음이었다.

고시원으로 돌아오며 무신은 생각했다. 그에게 딱 하나 남은 친구 명우에 대해.

'녀석은 좋은 놈이다. 좋은 놈. 세상 사람 모두가 내게 등을 돌려도 끝까지 나를 버리지 않을 좋은 놈…. 그러나 아무리 녀석이 좋은 놈이라고 해도 지금 이 상황에서 나를 건져 줄 수는 없다. 아니, 그러려고 하면 할수록 녀석만 더 우울해질 뿐이다. 나란 놈은 겨우 그 정도밖에 안 되는 것이다. 딱 하나 있는 진짜 친구마저도 우울하게 만드는 놈….'

그런 생각은 그를 슬프게 했다. 울고 싶게 했다. 누군가에게 그런 모든 마음을 전부 솔직히 털어놓고 싶다는 생각도 들었다.

'누군가에게? 누구? 명우에게? 아니, 아니다. 그럴수 없다. 그런다고 해결될 일도 아니고, 또 그것은 내 자

존심이 허락 못한다. 나는 그런 짓은 하지 않겠다.'

갑자기 명우 앞에서 울면서 "나 너무 힘들어. 너무 힘들다고!" 하고 말하는 자신의 모습이 그려졌다. 아주 갑자기. 순간 짜증이 났다. 그것은 아주 이상스런 짜증이었다. 짜증의 대상은 그런 생각을 한 자신이었고 또한 그런 생각을 할 수 있는 대상이 있다는 사실이었다. 그는 무의식적으로 '그런 생각을 할 수 있는 대상'에 대한 관점을 공격적으로 바꿈으로써 상처받은 자존심을 회복하려 했다.

'명우는 좋은 놈이 분명하지만, 한 가지 문제가 있다. 녀석이 가진 종교다. 녀석은 종교적인 세계관에 몰두해 있고 거기로부터 오는 위안에 의존하고 있다. 물론 누군가는 그것을 종교가 가진 순기능이라고 말할 것이다. 그렇게 종교의 도움으로 위안을 얻으며 살아가는 사람을 굳이 뜯어말릴 필요도 없고. 그러나 나는 그렇지 않다. 나는 세상과 인생을 그런 관점으로 볼 수 없다. 그런 거짓 위안으로 만족할 수 없기 때문이다. 나는 그러고 싶지 않다. 왜? 싫기 때문이다. 질질 짜면서 도와주세요, 구원해 주세요, 하고 비는 거. 그게 싫기 때문이다. 나는 나약하게 살고 싶지 않다. 내 인생의 주인은 나다. 다른 누구에게 빌 필요는 전혀 없다. 내가 결정한 대로 살고 그 대가를 지불하는 것, 그것만이 진정한 나의 삶이다. 나는 절대로 나의 삶을 빼앗길 수 없다. 절대로, 절대로 그것을 빼앗길 수 없다!'

그렇게 생각하자 묘한 쾌감이 들었다. 자신이 누구에게도 고개 숙이지 않는, 고개 숙일 수 없는 위대한 영웅처럼 느껴졌다. 그러나 그런 망상은 잠깐이었고 아무것도 해결되지 않은, 해결되지 않을 현실의 무게만이 질기게 계속되고 있음을 느꼈다.

고시원으로 돌아와 대충 씻고 침대 위에 누운 그는 계속해서 생각했다. 피곤했고 자고 싶다는 생각이 간절했지만 막상 자리에 누워 잠을 청하자 그것은 좀처럼 낚아채지지 않았다. 대신 노곤하고 우울한 기운의 상념만이 끝없이 계속됐다.

'이젠 돈도 거의 떨어졌다. 어떡해야 되지?' 곧바로 이어진 대답은 '절대로 알량한 돈을 위해 노예 같은 삶으로 되돌아가지는 않겠다'였다. 그러면? 무언가를 해야지. 무엇을? 이미 여러 차례 그에게 자신의 존재를 인식시켰던 어두운 목소리가 나직이 중얼거렸다.

'자살.'

그러나 그는 그 목소리를 강하게 거부했다. 나는 죽기 싫다. 난, 더 살아 보고 싶다. 아직 끝나지 않았고 가능성은 남아 있다. 행복의 가능성 말이다. 목소리가 다시 중얼거렸다.

'아주 작은 크기의 가능성. 거의 없는 것과 같다고 할 수 있는 아주 작은 크기의 가능성.'

"젠장." 그가 작은 목소리로 그렇게 내뱉었다. 순간 명우가 했던 말이 떠올랐다. 네가 북한 사람보다 더 힘들어? 소말리아에서 굶고 있는 아이보다 더 힘드냐고! 뭐 그런 말이었던 것 같은데. 맞아. 그래도 나는 북한이나 소말리아 사람보다는 훨씬 나은 처지에 있는 거잖아. 그리고 나는 사지 멀쩡하고 건강하잖아. 구차하고 시시한 일일지라도 이 악물고 시작하기만 한다면 내 한 몸 건사하는 건 어렵지 않잖아.

'그러나 그게 네가 살기 원하는 인생이야?'

물론 아니지. 평생을 그렇게 살겠단 것도 아니고. 그러니까…

'그러니까 뭐?'

젠장! 그러니까 나는, 인생을, 어떻게든…

생각이 제대로 전개되지 않았다. 그때 문득 명우가 계속해서 내뱉었던 단어 '신앙'이 떠올랐다. 신앙. 그는 갑자기 이렇게 기도했다. 신이 정말로 있다면 나에게 당신의 존재를 드러내 구원의 사인을 보여 달라고. 그 순간, 책상 한 구석에 던져 놓았던 휴대폰에서 문자가 도착했음을 알리는 소리가 들려왔다.

'계시인가?'

물론 그는 스팸 문자일 가능성이 높다고 생각했다. 그러나 그의 기도가 끝나자마자 도착한 문자 아닌가? 혹시 아는가? 좋은 소식을 담고 있는 문자일지.

그는 일부러 확인하는 데 뜸을 들였다. 그대로 누워서 문자에 대한 이런저런 상상을 했다. 부채가 기적적으로 해결되었다는 소식을 전하는 어머니의 연락일 수도 있다고 상상해 보았다. 그러다 갑자기 이런 생각이 들었다.

'어쩌면 연희일지도 모른다.'

기이하게도 그 생각은 어떤 희망을 주었다. 그것은

오직 젊은 여자가 젊은 남자에게 줄 수 있는 희망이었다. 희망 속의 연희는 지난번 만났을 때의 초췌한 얼굴이 아니었다. 스물한 살의 싱그러운 모습으로 밝게 웃고 있는 그녀였다. 그녀만 함께한다면 어떤 굴욕도 구차함도 고난도 뚫고 전진할 수 있을 것 같았다.

그는 한동안 더 누워 그런 생각을 즐겼다. 머리맡에 놓인 크리스마스 선물의 개봉을 일부러 늦추며 이런저런 상상으로 즐거워하는 아이처럼.

그렇게 십 분쯤 더 누워 있던 그가 결심한 듯 몸을 일으켜 책상 위의 휴대폰을 집어들었다.

〈동*영캐피탈〉고
객님의쉽고빠른대
출을도와드립니다
최저연7%당일송금
단기연체가능

그는 그 문자를 삭제한 다음 휴대폰을 다시 책상 위에 내려놓고 침대에 누웠다. 예상했던 일이었고 별로 짜증도 나지 않았다. 그는, 그의 깊은 본심은 기대하지도 믿지도 않았던 것이다.

그는 이제 너무 지쳤다고 생각했다. 쉬고 싶었다. 자고 싶었다.

'하루는 저녁이 오고 어둠이 와야 쉼으로 접어든다. 우리는 생명이 깃든 우리의 하루를 잠이라는 달콤한 휴식으로 마무리 지을 수밖에 없다. 그것이 우리의, 모든 생명의 숙명이다. 결국 진정한 쉼이란 영원한 잠인 것이다.'

그의 고민의 결론이었다. 더 이상 고민과 고통을 지속할 것이 아니라 마무리 짓는 것, 그것이 그의 생에서 기대할 수 있는 유일한 안식이라고 느꼈다. 인생에 대해 깊이 고민하는 청춘에게 그런 결론밖에 줄 수 없는 사회란 얼마나 슬픈 사회인가. 그는, 그 스스로는 명확히 인식하지 못하면서도 깊은 슬픔을 느꼈다. 어쩌면 그것이야말로 분노나 증오보다 그의 마음을, 그의 영혼을 가득 채운 정서였을 것이다. 그는 슬펐다. 정말로 슬펐다. 다만, 그 자신은 몰랐을 뿐이다.

28.

참기 힘든 열기가 거리를 점령하고 있었다. 비가 오지 않은 지도 이 주가 넘었다. 더위와 함께 매연과 먼지, 음식물 썩는 악취가 걸음을 옮기는 무신에게 들러붙었다. 그는 구역질이 올라올 것 같은 기분을 느꼈다.

고시원을 나서며 뚜렷한 목적지를 정해 놓은 건 아니었다. 그냥 밖으로 나가 걷고 싶다는 생각만 있었을 뿐. 그러나 그렇게 시작된 발걸음은 어느샌가 목동 쪽을 향하고 있었다. 나의 고향, 내가 있어야 할 곳을 향해 걷겠다는 갑작스럽고 확고한 의지가 솟아오른 건 오목교를 앞에 두고서였다. 오목교를 건너 오목교역 교차로 횡단보도 앞에 멈춰선 그는 중학교 시절 다녔던 학원 건물이 있는 곳으로 가보기로 했다.

학원은 여전히 그 자리에 있었지만 규모는 많이 줄어 있었다. 예전엔 건물 전 층이 학원이었던 것 같은데 지금은 편의점과 은행, 한의원 등이 점령하고 있었다. 그는 한동안 그 건물을 바라보다가 다시 천천히 걸음을 옮겼다. 자주 갔던 학원 근처 분식집이 휴대폰 대리점으로 바뀌어 있는 게 눈에 들어왔다.

계속 걸음을 내딛던 그가 갑자기 멈춰 선 건 한 상가 건물 앞에서였다. 그곳은 학원에서 몰래 빠져나와 친구들과 함께 담배를 피우곤 했던 옥상이 있는 건물이었다. 그는 잠시 고민한 후 건물 안으로 들어섰다. 엘리베이터를 탄 그는 팔 층 버튼을 눌렀다. 그는 엘리베이터 안에 있는 거울을 통해 자신의 얼굴을 바라보았다. 조명 탓인지 유달리 창백하게 느껴졌다.

엘리베이터 문이 열리고 밖으로 나오자 바로 왼편에 옥상으로 이어지는 계단이 있었다. 그는 계단을 올라 옥상으로 향했다.

옥상 출입구는 활짝 열려 있었다. 열린 문으로 눈부시게 파란 하늘이 쏟아져 들어오고 있었다.

옥상으로 나오자 지면에 딱 달라붙어 걸을 때는 보이지 않던 그의 집, 그가 열다섯 해 넘게 살았던 아파트 단지가 보였다. 그는 긴 한숨을 내쉬었다. 어디선가 시원한 바람이 불어왔다. 햇살은 뜨겁기보단 따스하게 느껴졌다.

난간 쪽으로 가 아래를 내려다보니 거리를 걷는 사

람들과 도로를 달리는 차들이 보였다. 모두 서로에게 관심 없이 제 갈 길을 가고 있었다. 계속 밑을 내려다보고 있자니 현기증이 났다. 고소공포증인가? 그럴지도. 그렇게 생각하며 그는 시선을 먼 곳으로 옮겼다. 그러자 훨씬 나아졌다. 구질구질한 영등포 쪽방 고시원에 비하면 얼마나 풍요롭고 인간다운 공간인가.

순간 그의 마음속 목소리가 이렇게 속삭였다.

'생을 마치는 장소는 바로 이런 곳이어야 해.'

그는 반발했다. 생을 마치는 장소? 아니야! 여기는 생을 마치기 위한 장소가 아니라 생을 펼치기 위한 장소야. 나는 반드시 성공해서 행복하게 살 거야. 행복하게. 아주 멋있게.

'행복하고 멋있게? 알잖아. 내려가면 너를 기다리고 있는 현실을. 절대로 벗어날 수 없는 지옥 같은 현실을. 오직 그 현실만이 너를 기다리고 있잖아.'

그는 또다시 깊은 한숨을 내쉬었다. 목소리는 계속 속삭였다.

'바로 오늘, 여기가 그 지옥으로부터 탈출할 수 있는 장소야. 바로 여기가!'

그는 한 번 더 아래를 내려다보았다. 떨어질 것 같은 공포감이 밀려왔다.

'젠장, 지옥이고 탈출이고 도저히 무서워서 못하겠다. 저 딱딱한 아스팔트 위로 뛰어내리는 짓은 도저히 못하겠다….'

갑자기 빨리 그곳을 뜨고 싶어졌다.

'그래. 정신 차리고 내려가자. 잠시 뭔가에 홀린 것 같은데 빨리 정신 차리고 여길 뜨자.'

그렇게 생각하며 그는 걸음을 옮겨 아까 들어왔던 출입구로 갔다. 문을 통과해 계단에 발을 내딛자 안도감과 함께 알 수 없는 개운치 않은 감정이 찾아왔다. 겨우 그런 걸로 두려워 떨었다는 데 대한 수치심? 그는 그 감정을 떨쳐 내며 엘리베이터 버튼을 눌렀다. 문이 열리자 중년 아주머니가 내렸다. 그는 엘리베이터에 몸을 실었다. 엘리베이터는 3층에서 멈춰 서 할머니와 어린 손녀를 추가로 태우고 1층으로 내려왔다. 그는 빨리 건물 밖으로 나왔다. 그리고 생각했다.

'아무래도 내가 제정신이 아닌 것 같군. 쓸데없이 상가 옥상에나 올라가고 말이야.'

난간 끝에서 밑을 내려다봤을 때 느꼈던 아찔함이 떠올랐다. 어떻게 거기서 뛰어내릴 수 있단 말인가. 그건 정말이지 미친 생각이다.

계속해서 뚜렷한 목적 없이 발걸음을 옮기던 그가 자기도 모르게 멈춰 선 곳은 대로변 건널목이었다. 계속해서 일렁이는 이런저런 생각들을 떨쳐 내려는 듯 산만하게 시선을 옮기던 그의 눈에 갑작스럽게 건널목 저편에서 이쪽을 바라보고 있는 도진의 모습이 들어왔다. 그는 무신을 바라보고 있었다. 얼굴에 엷은 미소를 띤 채로.

무신은 그 갑작스런 맞닥뜨림에 놀람과 함께 거부감을 느꼈다. 그것은 그가 이전부터 도진에 대해 갖고 있던 거부감 이상의 무엇이었다. 하지만 도진을 피할 생각은 없었다. 신호가 바뀌면 그가 서 있는 쪽으로 가리라. 그런 생각으로 다시 도진을 바라보던 무신은 깜짝 놀랐다. 그는 도진이 아니라 도진을 닮은 젊은이였기 때문이다. 그는 분명 도진이 아니었다. 도진처럼 창백한 얼굴에 마른 체형이긴 했지만 자세히 보니 머리 스타일도 달랐고 키도 더 컸다. 그런데 그런 그가, 무신과는 일면식도 없는 처음 보는 남자가 한순간 도진으로 인식되다니.

　'젠장, 내가 정말 정상이 아니구나. 이런 말도 안 되는 착각까지 하고….'

　신호등 불빛이 녹색으로 바뀌었다. 무신이 도진을 닮은 남자에게 시선을 고정한 채로 건널목을 건널지 말지 갈등하는 순간, 그 남자는 경멸이라고 말하기도 힘들고 비웃음이라고 규정하기도 어려운, 그러나 아주 분명하게 그 두 가지 의미보다 더 나쁜 무엇을 담은 엷은 미소를 띠었다. 남자는 한 번 더 무신의 얼굴을 바라보더니 천천히 몸을 돌려 건널목 반대쪽으로 걸음을 옮기기 시작했다.

　'뭐야 저 자식, 왜 건널목을 건너려다 되돌아가지?'

　천천히 걸음을 옮기는 그의 뒷모습은 부정할 수 없는 도진의 그것이었다. 무신은 제자리에 선 채로 이상한 불쾌감을 느끼며 그 뒷모습을 눈으로 뒤쫓고 있었다. 신호등의 파란불이 깜빡이기 시작했다. 그 기분 나쁜 남자는 천천히 몇 걸음 더 걷더니 이내 걸음을 멈추고 무신 쪽을 향해 고개를 돌렸다. 그러고는 뭐라고 혼잣말을 중얼거렸다. 대로를 가로지르는 건널목을 사이에 두고 있었음에도 무신은 그가 중얼거린 말을 보았다. "네가 하려던 일을 해"였다.

신호등이 다시 빨간빛으로 바뀌었고 도진을 닮은 남자는 천천히 몸을 돌려 멀어져 가기 시작했다. 무신은 이 모든 이상한 일이 마치 꿈속에서 벌어지는 사건 같다고 느꼈다. 그리고 어서 빨리 그 꿈에서 벗어나고 싶다고 생각했다. 그는 몸을 돌려 아무 데로나 발걸음을 옮겼다. 그런 정처 없는 발걸음을 뜨거운 햇살이 맞이해 줬다. 얼마쯤 오목교 쪽으로 발길을 옮기던 무신은 자신을 환영해 주지 않는, 자신도 환영받기를 원치 않는 고시원으로 이어지는 길로 자기도 모르게 발걸음을 옮겼다는 사실에 짜증을 느꼈다. 그는 되돌아서 왔던 길로 돌아갔다. 그러자 아까의 건널목이 나타났고, 그가 올라갔다 내려온 상가의 출입구가 모습을 드러냈다. 그는 무언가에 이끌리듯 다시 그곳으로 들어갔다. 그리고 옥상으로 연결된 계단을 오르기 시작했다. 그의 머릿속에는 이제 도진을 닮은 남자의 모습도, 쨍쨍 찌는 한낮 더위의 도시 풍경도 없었다. 오직 무의식적으로 실행되는 탈출을 향한 욕구밖에는 아무것도 없었다. 마지막 계단을 올라 옥상에 다다르자 아까와 마찬가지로 옥상 문이 활짝 열려 있었다. 그리고 그 활짝 열린 문으로 파란 하늘과 눈부신 태양이 쏟아져 들어오고 있었다. 그는 천천히 난간을 향해 걸어갔다. 난간 끝에 다다랐을 때 웬 작고 검은 딱정벌레 한 마리가 그곳에 날아들었다. 어디선가 본 듯한 그 벌레는 그가 다가가자 조용히 날아올라 하늘 저편 어딘가로 사라졌다.

주변 아파트 단지들을 휘감고 돌아온 바람이 그의 얼굴에 부딪혔다. 푹푹 찌는 열기만 실어 나르던 조금 전의 공기와는 분명히 다른 부드러운 바람이었다. 오래된 할리우드 영화의 엔딩 크레딧이 올라갈 때 흘러나오는 부드러운 선율 같은 바람. 그는 몽롱하면서도 나른한 미묘한 망설임을 느꼈다. 끝내고 싶으면서도 끝내기 싫은 미묘한 망설임.

그는 명우를 떠올렸다. 그리고 생각했다. 만약 여기서 끝내더라도 명우에게 인사 정도는 하고 가는 것이 맞으리라.

통화음이 한참 울렸지만 명우는 전화를 받지 않았

다. 바쁜가 보지. 그래, 많이 바쁠 거야. 결국 우리는, 각자의 삶을 사는 거니까. 결국 모든 인간은 자기 인생을 사는 거니까.

이제는 생각하는 것도 지겨웠다. 생각은 한시도 그를 쉽게 내버려두지 않았다. 더 나쁜 건 언제나 생각의 결론은 '모르겠다'였다는 것이다.

'모르겠다. 너무 피곤하다. 더 이상은, 더 이상은 생각하기 귀찮다.'

이어진 것은 말하자면 어이없고 무책임한, 돌발적인 감행이라 불릴 만한 행동이었다. 그는 난간 위로 올라섰고 발을 뗐다. 허공을 향해서.

순간, 중력이 그의 육체를 끌어당겼다. 공중에서 아래를 향해 내리꽂히는 짧은 순간, 몇 개의 영상이 그의 머릿속을 섬광처럼 스쳐 갔다. 그것은 아들과의 행복했던 시간을 담은 사진을 바라보며 소리 죽여 울고 있는 어머니의 모습이었고, 그의 손을 잡으며 "힘내라, 기도할게" 하고 말하던 명우의 얼굴이었다. 또 "삼쫀, 무신이 삼쫀" 하고 외치며 활짝 웃는 지아의 얼굴이었고, 남편의 멱살을 잡은 동생의 뺨을 때린 후 주체할 수 없는 울음을 터뜨리며 주저앉던 누나의 모습이었다. 또 그것은 행복했던 어린 시절 가족 소풍의 풍경, 화창한 날씨와 햇빛에 달궈진 돗자리, 네모난 플라스틱 도시락 통에 담긴 김밥과 나무젓가락, 사이다를 삼킬 때 목구멍에서 느껴지던 따가움, 꼭 지금의 그의 나이로 보이는 즐거운 얼굴의 아버지와 어머니, 꼭 지아 같은 누나의 모습으로 이어졌다. 그리고 대학에서의 첫 학기, 벚꽃 가득한 캠퍼스 안에서 봄바람을 맞으며 수줍게 미소 짓던 연희의 얼굴도….

가슴 아린, 행복한, 그리고 아름다운 그 모든 순간과 거꾸로 뒤집혀 빠르게 솟구치는 건물과 거리의 모습을 동시에 감각하며 그는 생각했다.

'내가 지금 무슨 짓을 한 거지? 나는 정말 이대로 끝나고 마는 건가? 이건 말이 안 된다. 이건, 이 모든 것은 실수였다!'

다음 순간, 가차 없이 빠른 속도로 지면이 그를 강타했다.

29.

    장례식장에는 조문객이 거의 없었다. 그 황량한 모습이 명우의 가슴을 더욱 쓰라리게 했다. 아들의 영정 사진 아래서 소리 없이 흐느끼고 있는 무신의 어머니와 그런 그녀를 위로하고 있는 친척으로 보이는 중년의 아주머니, 지난 몇 년 동안 아무도 행방을 알 수 없었던 무신의 아버지의 초췌하고 맥 빠진 얼굴, 그리고 한쪽 구석에 검은 상복을 입고 무표정한 얼굴로 앉아 있는 누나의 모습이 그 공간에 있는 사람의 전부였다.

    "어떻게 위로의 말씀을 드려야 할지 모르겠습니다⋯."

    무신의 아버지께 깊이 고개를 숙이며 명우가 말했다. 그 순간, 자식을 잃은 어머니의 조용한 슬픔이 격한 울음으로 바뀌었다. 명우와 마찬가지로 서서 말하고 움직여야 할, 마땅히 그래야 할, 마땅히 그 젊음과 생명을 누려야 할 자신의 분신이 싸늘하게 식어 관 속에 누워 있다는 사실이 명우의 조문으로 새삼스럽게 일깨워진 것 같았다.

고통스런 조문 의식을 마치고 밖으로 나가려는 명우에게 무신의 어머니가 물었다. 혹시 '연희'라는 여자를 아느냐고. 그러곤 덧붙였다. 그녀가 보낸 조만간 만나 식사라도 함께 하고 싶다는 문자가 무신의 휴대폰에 남아 있었다고.

명우는 차마 무신의 어머니에게 자신의 휴대폰에 무신으로부터 온 부재중 전화가 찍혀 있었다고, 그가 '회의'라는 한 사람의 목숨에 비하면 한없이 가벼운 행위를 잠시 중단하고 그 전화를 받았다면 무신의 마음을 되돌릴 수 있었을지도 몰랐을 거라고 말하지는 못했다.

더없이 무거운 고통과 슬픔이 깔린 공간을 걸어 나오며 명우는 생각했다.

'그래서는 안 되는 거였어… 그래서는…. 아무리 힘들었어도 그래서는 안 되는 거였다고….' 깊은 한숨이 나왔다. '그러나 그의 고통은… 누구도 완전히 이해할 수 없는 그의 그 고통은….' 순간 하나의 영상이 뇌리를 스쳐 갔다. 난 단지 이해받고 싶었을 뿐이라고 외치던 친구의 모습이.

'내가 조금만, 아주 조금만 더 따뜻하게 그 절규에

반응했다면… 충고하기 이전에 등을 두드려 주고 울어 줬다면, 같이 울어 줬다면 무신이는 살 수 있지 않았을까? 그랬다면 무신이는 지금도 숨 쉬고 있지 않았을까….'

알 수 없는 일이지만 적어도 이렇게 갑작스럽게, 이렇게 슬프게 그와 이별하게 되지는 않았을 것 같았다.

장례식장 밖으로 걸어 나와 몇 걸음 옮기자 여전히 분주하고 소란스런 도시는 어제와 똑같은 얼굴로 그곳에 있었다. 삶은 여전히 그곳에 있었다.

하늘은 맑았고 태양은 눈부시게 빛났다. 어찌나 맑은지 가을의 정오에 서 있는 것 같은 기분마저 들었다. 수업을 마치고 삼삼오오 짝을 지어 어딘가로 향하는 여중생들의 웃음소리와 오토바이 소음이 들려왔다. 자전거를 타고 어딘가를 향해 페달을 밟는 남자의 모습도 눈에 들어왔다. 기나긴 하품으로 단조로운 일상의 지루함을 드러내는 노신사의 얼굴도. 소리 없는 바람이 가로수를 물결치게 만들었다.

대로변으로 나오자 자동차들의 소음과 경적 소리가

그를 맞이했다. 평소와 조금도 다르지 않게. 그 소음은 명우에게 이렇게 얘기하는 것처럼 느껴졌다. 달라진 것은 아무것도 없으며 어떤 것도 변하지 않을 것이다. 그리고 삶은 계속될 것이다. 운명의 시간까지.

신호등의 빛깔이 바뀌고 한없이 이어진 도로를 향해 내달리던 차들이 일제히 멈춰 섰다. 명우는 그 순간이 영원히 계속되기라도 바라는 듯 하염없이 그 모습을 바라보았다.

작품에 대하여

험난한 시대, 절망한 청년들을 향한
젊은 작가의 애정과 가슴앓이

– 무신, 헬조선의 밑바닥으로 추락하며 절망하는 청년의 이름

오지훈(《희생되는 진리》저자)

2018년 현재 우리나라의 가계부채는 1,500조 원에 육박하고 있다. 그리고 여전히 OECD 국가 중에서 가장 높은 자살률을 보이고 있는데, 2017년 한 해만도 하루 평균 36명, 40분마다 한 명이 자살로 생을 마감했다. 특히 20~30대의 사망원인 1위가 자살. 한편에선 일자리와 생계가 막막한데, 막대한 재력을 지닌 부동산 자산가들은 힘없는 임차인들을 상대로 지대추구에 매달리며 불로소득을 누린다. 부동산과 증시 투기꾼들은 단기간의 거래를 통해 노동자가 평생 벌어도 모을 수 없는 규모의 소득을 벌어들이며 성실히 일하는 사람들의 노동 의지를 꺾고 있다.《창문 없는 방》의 무신은 이런 부조리한 시대의 밑바닥에서 자살 충동에 시달리면서도 삶을 지속해야 하는 의미와 이

유를 찾고자 필사적으로 몸부림치는 오늘날 위기의 청년들을 표상한다.

주인공 이름이 독특하다. 무신. 그 이름은 신의 부재를 상징하는 '無神'일 수도 있고 신뿐 아니라 사람과 사회에 대한 일체의 기대와 믿음을 상실한 '無信'일 수도 있을 것이다. 작품의 도입부터 무신은 빌딩에서 떨어지는 꿈을 꾼다. 고시원의 좁은 방, 그는 그것을 '관(棺)'이라 부르는데, 그렇게 시체처럼 관에 들어가 잠을 자고 종종 빌딩에서 떨어지는 악몽을 꾼다. 잠에서 깨어난 현실 또한 악몽의 연속이다. 무신의 아버지는 사업이 망한 후 가족을 버리고 어디론가 잠적해 버렸고, 무신은 학업을 중도에 포기해야 했다. 생업을 위해 안 해본 일이 없지만 고시원 비용과 학자금 대출 이자, 식비와 교통비 등을 제외하고 손에 쥘 수 있는 돈은 20만 원 남짓. 설상가상으로 가족과의 관계도 망가져 있다.

그런 무신에게 명우는 진정한 친구로 인정하고 신뢰하는 유일한 사람이다. 많은 친구들이 몇 번의 금전적 관계를 거쳐 무신을 기피하게 됐지만, 명우는 그렇지 않았다. 명우는 끝까지 무신을 이해해 주었으며 그를 진심으로 좋아하고 격려해 주었다. 명우의 그 같은 행동의 동기에는 기독교인으로서의 신앙도 자리 잡고 있다. 그리고 명우는 진심을 담아 무신이 신앙을 갖기를, 초월적인 관점에서 긴 안목을 갖고 오늘의 현실을 버티며 이겨 나가기를 설득한다. 하지만 그러한 간절한 설득이 무신 내면의 가치 체계에 안착하게 하는 유효한 포인트는 부족했다. 그러한 믿음을 가지려면 어떤 식으로든 외부적인 계기가 필요했던 것이다. 그랬기에 다소 주술적이지만 휴대폰 문자메시지 하나라도 '마지막 잎새'처럼 자신을 향한 신의 계시라고 믿고 싶을 정도로 무신은 절박했다. 그런데 질문이 생긴다. 무신이 진짜 절박한 이유는 무엇인가?

인정투쟁에서의 낙오,
준거집단으로부터의 이탈

무신에겐 1,962만 원이라는 학자금 채무가 있다. 그러나 생존이 절박한 상황은 아니다. 그는 매달 이자를 잘 갚아 왔으며, 연체가 있어 당장 상환독촉을 당하는 것도 아니다. 적은 돈이지만 계좌에 150만 원 정도의 현금도 있다. 명우의 말대로 북한이나 소말리아 사람들과 같은 처지는 아니다. 그런데 왜 무신은 그토록 어둡고 절망적인가?

사람은 밥으로만 살 수 없는 존재이기 때문이다. 사람이 사람답게 살기 위해 진정으로 필요한 것은 타인으로부터의 '인정'이다. 그런데 무신은 지금 자신이 인정투쟁에서 낙오했다는 좌절감에 사로잡혀 있다. 알랭 드 보통은 《불안》이라는 책에서 어떤 것이 충분하다고 판단하는 심리는 우리와 같다고 여기는 사람들의 조건과 우리의 조건을 비교하여 결정된다고 말한다. 그리고 그런 비교의 기준이 되는 그룹을 준거집단이라고 하는데, 이 준거집단과의 끊임없는 비교로부터 인간의 불안(status anxiety)이 발생한다는 것이 논지다. 그런 맥락에서 무신은 명우나 도진과 함께 자신이 마땅히 속해 있어야 할 준거집단에서 이탈해 있다. 따라서 북한이나 소말리아 사람들보다 네가 더 불행하냐는 명우의 엄한 다그침은 다소 핀트가 어긋난 셈이다. 과거 목동의 큰 평수 아파트에서 영등포 고시원 쪽방으로의 추락, 가장 인기가 많았던 '민지'와 사귀며 다른 남자들의 부러움을 샀던 인기남에서 이제는 과거에 눈길도 주지 않았던 '연희'가 한번만 만나주기를 고대하는 신세로의 전락, 그 낙폭에서 오는 우울의 본질을 명우는 단지 '절박한 생존'의 고민으로 인식했던 것이다. 따라서 "공중 나는 새를 보라"거나 "네 염려를 주께 맡기라"는 예수의 말씀은 생존 자체가 절박한 문제인 사람들에게는 위로가 될 수 있겠지만, 준거집단에서 이탈되거나 인정투쟁에서 낙오해 삶의 의지를 상실한 사람들에게는 별로 위로가 되지 못한다.

데스노트 vs 라이프노트,
악을 심판하는 신에 관하여

"신이 선한 존재라면 왜 세상을 이 상태로 놔두는 거지? 그는 할 수 있잖아. 이 모든 악을 쓸어버릴 수 있잖아. 그런데 왜 그는 가만히 있지? 아니지. 그게 아니야. 이렇게 물어야해. 그는 왜 이다지도 잔인하지?"

한편, 무신과 명우가 만나는 자리에 함께한 도진은 무신에게 신앙을 권하는 명우에게 위와 같이 묻는다. 오바 츠구미의 만화 《데스노트》는 도진의 물음에 대한 답변을 간접적으로 시사해 준다. 《데스노트》의 주인공 라이토는 사신(死神)이 인간계에 떨어뜨린 노트를 우연히 줍는데, 그 노트는 사람을 죽일 수 있는 도구였다. 노트에 얼굴을 아는 어떤 사람의 이름을 쓰면 40초 후에 그 사람은 심장마비로 죽게 된다. 죽는 방법을 구체적으로 명시할 수도 있다. 본래 정의감이 강했던 라이토는 단순한 호기심에서 노트에 흉악범의 이름을 쓰는 것으로 시작해 하루에도 수십 장에 달하는 범죄자의 이름을 빼곡히 써가며 심판과 처형의 쾌감을 즐기기 시작한다. 그와 같은 라이토의 심판으로 강력범죄는 물론이거니와 지구상에서 테러와 전쟁도 완전히 사라지게 된다. 이처럼 라이토가 자신의 신분을 감춘 채 세상의 악을 쓸어버리자 사람들은 누군지 모를 그 심판자를 '키라'로 부르며 광적으로 숭배하기 시작한다. 그렇지만 '키라' 라이토는 흉악범만이 아니라 키라의 심판에 문제 제기하는 소수의 사람들, 키라의 정체를 뒤쫓아 수사하는 사람들도 동일하게 살해한다. 키라를 숭배하는 사람들은 심지어 키라 수사본부에 몰려들어 폭동을 일으키고 키라의 심판 제물로 삼고자 그들의 얼굴과 이름을 공개하려고 혈안이 된다. 《데스노트》는 이처럼 악을 철저히 심판하는 신이 강림한 세계를 처벌의 공포로 도래한 평화, 진정한 자유가 말살된 디스토피아의 세계로 묘사한다.

"하나님은 모든 사람이 구원을 받으며 진리를 아는 데에 이르기를 원하시느니라"(딤전 2:4).

우리는 때로 도진처럼 악을 철저하게 응징하며 심판하는 신을 갈망한다. 세상에 이렇게 악이 횡행하는 모습을 보며 과연 신은 존재하냐고 묻는다. 하지만 그런 물음을 던지는 우리 자신은 과연 심판의 대상에서 예외일 수 있을까? 인간은 본질적으로 편향된 존재이며, 절대적으로 공정하고 정의로운 관점을 가질 수 없다. 그런 관점이 부재한 가운데 신이 어느 누군가를 만족시키는 심판을 행한다면, 또 다른 누군가는 '신은 선량한 사람에게 부당한 재앙을 내리는 악한 존재'라고 말할 것이다. 아이러니하지만 이 세상을 방관하며 심판을 지연하는 것 같은 신은 오히려 자비롭다. 바울이 디모데에게 보낸 편지에서 말하듯, 하나님은 심판이 아니라 구원을 원하시는 분이다. '데스노트'가 아니라 '라이프노트', 즉 생명책을 쓰시는 분이다. 다시 말해 신은 처벌의 공포로 억압적 질서가 유지되는 노예의 세계가 아니라 신이 허락한 진정한 자유를 향유하며 그에 책임지는 삶이 아름답게 꽃피우는 자유인의 세계가 되길 원한다. 신의 심판 자체가 없다는 것이 아니다. 심판보다 구원을 더 원한다는 뜻이다. 그래서 죄인의 회심을 기다리며 신은 신중하게 심판을 지연하는 것일 게다.

파국과 붕괴를 통한 정화?
도진의 묵시론적 사고의 위험성

"그리고 드디어 오는 거지. 파국의 시간이! 정화의 시간이 말이야. 파국은 더 나은 상태로 가는 서곡이자 새로운 시작이야. 그 붕괴와 혼돈의 시간을 거친 다음, 세상은 분명 더 나아질 거야."

한편, 도진은 현재 한국사회가 당면한 경제적 위기와 사회구조적 모순을 설명하면서 결국 철저한 파국과 붕괴의 시간을 거칠 때 정화와 재생의 시간을 가질 수 있다고 말한다. 아니, 그러한 파국과 붕괴의 시간이 올 것이라는 단순한 예측을 넘어 새 시작을 위해서는 그것이 반드시 필요하다고까지 주장한다. 명우는 도진의 주장을 '무신론'에서 나온 위험한 철학이라고 말한다. 작가는 그렇게 도진과 명우의 대화를 통해 도진이 니체의 허무주의 철학에 물들었음을 암시하는 듯하다. 개인적으로 그러한 철학이 무신론에서 나왔다는 명우의 주장에는 반만 동의한다. 철저한 심판과 붕괴 후 다가올 새로운 세상에 대한 묵시론적 대망의 서사 자체는 본래 기독교에서 온 것이기 때문이다.

실제로 야스퍼스는《니체와 기독교》라는 책에서 니체가 기독교를 그토록 증오하면서도 사유는 철저하게 기독교적 동인에 의해 진행하고 있다고 평했다. 한편 니체의 철학과 대결하면서도 니체와 마찬가지로 새로운 질서를 위해서는 세계의 파국과 붕괴가 필요하다고 생각한 하이데거 역시 본질적으로 무신론자는 아니었다. 니체와 하이데거 전문가인 서울대 박찬국 교수는 저서《하이데거와 나치즘》에서 하이데거 철학과 나치즘의 연관관계를 자세히 탐구했다. 박찬국에 따르면 "하이데거는 니체와 마찬가지로 니힐리즘의 철저화를 통한 니힐리즘의 완전한 극복을 지향한다는 점에서 니체와 동일하다."[†] 박찬국은 이러한 하이데거의 사고방식을 묵시론적이고 종말론적인 사고방식이라고 평가한다. 그런데 최후의 심판과 천년왕국을 연상시키는 이러한 사고방식은 (비록 본질을 왜곡하긴 했으나) 두말할 것 없이 기독교에서 온 것이다.

박찬국은 하이데거의 사유와 같이 종말론적이고 혁명적인 사고방식은 사람들로 하여금 혁명의 성공을 위해 자행되는 폭력과 희생 등을 사소한 것으로 간주하며, 그러한 희생은 혁명을 통해 실현될 찬란한 미래에 의해 충분히 보상될 수 있는 것으로 정당화한다고 지적한다. 그런 맥락에서 나치즘과 볼셰비즘은 추구하는 체제의 내용이 각기 다를지라도 그 사상의 스타일 자체는 동일하게 종말론적이며, 체제 자체에 대한 근본적인 질문 자체를 허용하지 않기에 비타협적이고 폭력적인 성격을 띨 수밖에 없다고 말한다. 이와 비슷한 도진의 사고방식은 유다의 자살을 예찬할 때 더욱 두드러진다. 도진에 의하면 유다는 자신의 스승이

[†] 박찬국,《하이데거와 나치즘》, p. 371, 문예출판사, 2001

메시아인지 알아보기 위해 스승을 유대와 로마의 권력층에 의해 제거되는 상황으로 몰아넣어야만 했다. 도진은 물론 그 방법이 매우 비열하다는 것을 인정한다. 하지만 그럼에도 그 일을 통해 유다가 확인하려고 한 일의 가치를 주목해야 하며, 그것이 실패했을 때 남자답게 죽음으로 속죄했으니 이상적인 현대인의 전형이라 말할 수 있다는 것이다. 이러한 대화와 함께 도진은 무신에게 은근히 자살을 종용한다. 그렇지만 앞에서 언급했듯이, 도진은 이미 역사 속에서 큰 파국을 초래한 것으로 비판받는 묵시론적이고 종말론적인 사고의 전형을 보여 주고 있다. 이러한 문제는 '영적 전쟁' 담론을 정치적 차원으로 쉽게 치환하는 근본주의 기독교인들도 예외는 아니다. 미국과 이스라엘이 벌이는 전쟁을 '악의 세력'과의 전쟁으로 판단하고, 악에 해당하는 적의 완전한 패배와 파멸을 바라는 태도 역시 묵시적이고 종말론적인 사고방식에서 나온 것이라 할 수 있다.

그렇지만 이러한 생각이 무신론에서 나왔다는 명우의 주장에 내가 절반이라도 동의할 수 있는 것은 무신론이 단순히 신의 존재를 인정하지 않는 가치중립적인 존재론적 담론으로 국한되지 않기 때문이다. 신, 즉 절대자의 존재를 의식적으로 인정한다 하더라도 한 영혼을 위해 십자가에 달리신 하나님의 본질적 성품과 뜻에 반하는 방식으로 믿는 것 역시 엄밀히는 신의 존재를 부인하는 무신론 또는 신을 대적하는 '반신론(反神論)'에 해당하는 것이다. 그렇기에 사도 야고보는 이렇게 말했다.

"네가 하나님은 한 분이신 줄을 믿느냐 잘하는도다 귀신들도 믿고 떠느니라"(약 2:19).

'인정'의 관계가 전제될 때 구원이 있다

그런데 친구 무신을 향한 명우의 선의와 진정성에도 불구하고, 명우와 도진은 공통점이 있다. 두 사람 다 무신이 지금 어려운 상황에 처해 있다고 보는 시각이다. 즉, 그들은 현재의 무신을 낙오자로 간주한다. 그 시선 자체가 무신을 비참하게 만든다. 처음에 무신은 명우를 만나 자신의 계획을 이야기하고 싶었고 격려도 받고 싶었다. 그러나 그는 그 만남에서 도진과 명우의 종교적 논쟁 한가운데 있어야 했고, 명우와 단둘이 만난 자리에서도 명우의 종교적 훈계를 들어야 했다. 하지만 명우가 먼저 무신의 진솔한 이야기를 들으려 했다면 어땠을까? 무신은 연희를 만났을 때도 처음으로 자신이 정말 하고 싶은 일, 영화를 공부하려는 계획을 언급했고, 그런 자신의 꿈을 인정해 주리라 기대했다.

하지만 돌아온 건 연희의 싸늘한 반응이었다. 그 만남이 짧게 끝난 후 무신은 심한 굴욕감을 느꼈고, 어떻게든 되갚아줄 생각만 하게 된다. 물론 무신의 비뚤어진 심사는 잘못된 것이다. 그의 비뚤어진 심사는 같은 고시원에 머물며 그에게 친절하게 대하는 마음씨 좋은 황씨를 경멸하는 태도에도 잘 나타난다. 자신이 황씨와 같은 부류, 즉 동일한 준거집단에 속한다는 사실이 못 견디도록 화가 나는 것이다. 결국 무신은 친구, 가족, 마음에 품은 여인과의 만남에서 어떤 '인정'도 얻지 못했다. 그저 인정투쟁의 패배자라는 깨진 자존감을 지속적으로 확인하게 되었을 뿐이다. 작품을 읽는 내내 안타까웠던 지점이 바로 그 부분이었다.

개인 영혼의 구원과 사회적인 구원, 어느 구원이 더 우선적인가 하는 논쟁이 놓치고 있는 부분이 어쩌면 바로 이 부분 아닐까? 지금 당장 한 사람이 구원을 체감하는 길은 내세의 영생을 보장받는 것도, 사회구조와 제도가 정의를 확립하는 것도 아니다. 둘 다 필요하지만 무엇보다 시급한 것은 그 사람이 자신의 성취와 지위에 관계없이 존엄한 인격체로서 온전하고 정당하게 인정받는 것이다. '교회'가 그리스도의 몸이라 불리는 이유도 현실에서 그런 사랑과 '인정' 관계를 '한 몸의 지체'인 것처럼 체험하는 곳이기 때문일 것이다. 최근의 정치철학자들 또한 정의의 문제를 숙고할 때 '분배의 정당성'을 넘어 '정당한 인정'을 중요한 화두로 삼고 있다. 다양한 정체성을 지닌 소수자들이 정당한 사회구성원이자 정치적인 주체로 인정받는 것이 진정한 정의임을 역설하고 있는 것이다. 기독교는 이러한 정치적 논의를 내포하면서도 여기서 한 걸음 더 나아가야 한다. 즉 정당한 인정의 배분을 넘어, 왜곡된 욕망과 인정투쟁에 몰두하는 것에서 벗어나게 하는 것이다. 그것은 단순히 금욕이나 해탈이 아니며, 마르크스가 말했듯 현실의 고통을 의도적으로 잊기 위해 종교를 환각제로 이용하는 것도 아니다. 그보다는 처한 현실을 보는 관점을 혁명적으로 바꾸고 자신의 상황을 절대자의 관점에서 철저하게 상대화하는 것을 의미한다. 이를테면 내 몸을 누이는 고시원 쪽방이 시체가 눕는 관이 아니라, 꿈이 잉태되는 자궁이라는 인식의 전환 같은 것이다. 내가 신을 믿는 것이 아니라 실은 신이 나라는 존재를 믿어 주고, 내게 기대를 걸고 있다는 생각의 전환, 성취나 지위 혹은 정체성이 아니라 지금 있는 모습 그대로 고귀한 인간이라는 진정한 인정을 말한다. 무신에게는 그러한 인정의 수평적 관계들이 갈급하게 필요했던 것은 아니었을까?

버티는 삶에 관하여

소설 후반부, 명우를 만나 한참 신앙을 가지라는 설득을 물리치고 고시원으로 돌아온 무신은 명우와의 대화를 복기하면서 생각이 복잡해진다. 돈도 떨어진 상황에서 이젠 어떻게 하나 고민하는 가운데 떠올린 선택지 하나는 바로 자살. 하지만 이내 무신은 그 생각을 강하게 거부한다. 아주 작은 행복의 가능성은 없는 것일까? 그 순간 무신은 명우가 반복했던 단어 '신앙'이란 단어를 떠올린다. 그리고 짧은 순간 간절함을 담아 기도한다. 신이 정말 존재한다면 당신의 존재를 드러내 구원의 사인을 보여 달라. 그 순간 휴대전화의 문자메시지 도착을 알리는 진동이 울린다. 그때 무심코 내뱉은 한 마디가 바로 이것이었다.

"계시인가?"

무신은 쉽게 희망을 품지 않는 성격의 소유자다. 그의 삶은 그의 작은 소망을 줄곧 배신해 왔다. 그런 그가 신께 기도하며 마지막으로 짧게나마 희망을 품는다. 스팸 문자일 가능성이 훨씬 높다는 걸 알면서도 혹시 자신을 조금이나마 행복하게 해줄 문자일지도 모른다는 기대로 일부러 메시지 확인에 10분쯤 뜸을 들인다. 스스로 '관(棺)'이라고 부르는, 죽음을 생각하게 하는 그 좁은 방 침대에 누워 잠시나마 즐거운 상상을 하면서. 어쩌면 자신이 특별한 감정을 지니고 있는 연희에게서 온 문자일지 모른다. 하지만 확인 결과 어느 사설 대부업체의 대출 안내 메시지. 무신은 문자를 보고 결국 생을 마감하기로 결심한다. 빌딩에서 몸을 던져 지면으로 추락하는 그 짧은 시간, 그의 인생의 즐겁고 기쁜 추억들이 파노라마처럼 펼쳐지고 자신의 선택이 실수였음을 깨닫는 순간 지면은 그의 머리를 강타했다. 되돌리기엔 너무 늦은 깨달음이었다.

이 이야기를 읽으며 역사의 한 장면이 교차되었다. 아우슈비츠의 생존자들이다. 아우슈비츠에서 살아남은 정신과 의사 빅터 프랭클은《죽음의 수용소에서》에서 1944년 크리스마스부터 1945년 새해에 이르기까지 일주일 동안 수용소 수감자의 사망률이 급격히 증가했다고 말한다. 수감자 상당수가 꿈이나 모종의 주술적인 암시와 기대 등을 통해 크리스마스에 집에 돌아갈 수 있을 것이라는 희망을 품고 있었는데, 어떤 희망적인 소식도 들리지 않자 절망감이 덮쳐 그들 몸의 저항력에도 악영향을 미쳤다는 것이다. 하지만 한 달만 더 버텼더라도 그들은 해방의 기쁨을 맛볼 수 있었을 것이다. 1945년 1월 27일 소비에트의 붉은 군대가 나치 독일로 진격하면서 결국 폴란드의 아우슈비츠 수용소를 해방했기 때문이다. 빅터 프랭클은 책에서 현실에 대한 막연한 희망이나 낙관보다는 냉정하게 현실을 수용하면서도 하루하루 삶의 의지를 잃지 않는 것이 중요하다고 역설한다.

작가 역시 무신이 죽은 후 발견된 연희의 문자메시지를 통해 무신이 조금 더 버티고 기다리지 못한 것을 간접적으로 책망하는 듯하다. 오늘날 자살이 만연한 것은 그 뒤에 어둠의 악한 영이 작용하고 있다고 인식하기에, 작가는 명우를 통해 그런 어둠의 목소리에 귀 기울이지 말고 좀더 초월적인 관점으로 오늘의 순간을 바라보기를, 그렇게 하루하루 버티다 보면 당장의 문제가 작아지며 흐르는 시간 속에서 그런 고민들이 어느덧 해결된 것을 발견하게 될 거라며 삶의 의지를 포기하지 않기를 원한다. 나는 개인적으로 작가의 이러한 복음에 입각한 심리적 처방에 대체로 동의한다. 다만 앞에서 언급한 것처럼 보다 실질적인 '인정'의 관계가 수반되는 것이 반드시 필요하다고 보는 것이다.

당신 주변의 무신은 누구인가?

"학문이 사회적 징후를 관찰하고 진단할 때, 문학은 환자로서 최선을 다해 사회를 '앓는다'"[†]고 문학평론가 신샛

별은 말한다. 류광호 작가의《창문 없는 방》은 그러한 문학의 기능에 충실하고자 한다. 특히 무신이라는 인물의 삶과 내면의 깊은 곳까지 들여다보는 것을 보면 오늘날 절망하는 청년에 대한 작가의 공감과 애정의 각별함을 느낄 수 있다. 동시에 작가는 명우라는 인물을 통해 절망하는 청년 무신을 사력을 다해 구하려고 하지만 그런 노력이 역부족인 현실, 더 이상 복음이 매력적이지 않고 신을 믿으라는 호소가 유효한 설득력을 갖지 못하는 상황을 냉정하게 묘사하고 있다. 그런 면에서 이 소설은 기존 제도교회 내에서 소비되는 구원 간증의 클리셰를 거부하고 있다. 특히 절박한 상황에서 무신이 기대하는 전능한 신의 개입, 즉 '데우스 엑스 마키나'의 가능성도 일체 허락하지 않을 정도로 작가의 현실 인식은 철저하다. 그래도 군이 아쉬운 점을 꼽자면 무신론을 단순히 어둡고 부정적인 사상으로만 묘사했다는 것이다. 무신론자가 다 도진과 같지는 않으며, 그 스펙트럼도 다양하다. 신에 대한 믿음이 진정으로 옹호되려면 무신론의 밝고 긍정적인 면과 견주어도 손색이 없어야 할 것이다. 물론 작가의 집필의도가 단순히 기독교를 옹호하는

---

† 신샛별, 〈식물적 주체성과 공동체적 상상력: '채식주의자'에서 '소년이 온다'까지, 한강 소설의 궤적과 의의〉,《창작과 비평》 2016년 여름호, p.356

것은 아닐 것이라 생각하기에 아쉬움 정도만 간단히 언급
한다.

어쨌든 작가는 명우를 통해 '신에 대한 믿음'의 회복과
'버티는 삶'을 권했다. 하지만 그런 권유의 한계도 잘 인지
하고 있다. 따라서 작가의 손을 떠난 이 작품은 이제 우리에
게 질문하고 있다. 당신 주변의 무신은 누구인가? 당신은
(또는 교회는) 그를 위해 함께 울어 줄 수 있는가? 정답을 가
르치기 전에 그의 진솔한 이야기를 먼저 경청할 수 있는가?
그의 진정한 구원을 위해 당신은 무엇을 할 수 있겠는가?

창문 없는 방
a Windowless Room

지은이 류광호
펴낸곳 주식회사 홍성사
펴낸이 정애주
국효숙 김기민 김서현 김의연 김준표 김진원 송승호 오민택 오형탁
윤진숙 임승철 임진아 임영주 정성혜 차길환 최선경 허은

2018. 11. 19. 초판 1쇄 인쇄   2018. 11. 28. 초판 1쇄 발행
등록번호 제1-499호 1977. 8. 1.
주소 (04084) 서울시 마포구 양화진4길 3 전화 02) 333-5161 팩스 02) 333-5165
홈페이지 hongsungsa.com 이메일 hsbooks@hsbooks.com
페이스북 facebook.com/hongsungsa 양화진책방 02) 333-5163

ⓒ 류광호, 2018

ISBN 978-89-365-1323-8 (03810)